SEIN SCHWUR, SIE ZU EHREN

EINE ZWEITE CHANCE FÜR DIE LIEBE

EIN FLYING-CROSS-RANCH-LIEBESROMAN
BUCH ZWEI

SHANAE JOHNSON

Übersetzt von
SONJA LUISE HERBERTH

THOSE JOHNSON GIRLS

Kapitel Eins

Als das Flugzeug zur Landung ansetzte, gab es einen Ruck. Das war Joe Matthews' erster Hinweis darauf, dass der Weg, der vor ihm lag, nicht eben sein würde. Wann immer er im Cockpit gesessen und die Maschine zur Erde zurückgebracht hatte, hatte es nie einen Ruck gegeben. Denn Joe Matthews war präzise, besonnen und erfahren.

Das Ausscheren nach links und das anschließende Ausscheren nach rechts, als der Pilot die Bremsen betätigte, ließen Joe wissen, dass er nichts von alledem war. Joe saß aufgerichtet auf seinem Sitz, während sich viele der anderen Passagiere anspannten und nach vorne beugten. Während seiner Zeit bei der Luftwaffe war er schon in viel haarigeren Situationen gewesen. Am intensivsten war jedoch seine Zeit in Sitzungs- und Gerichtssälen gewesen, wo er als Militärstaatsanwalt verhandelt und beraten hatte.

Als das Verkehrsflugzeug langsam zum Gate rollte, kehrte Ruhe in Joe ein. Endlich war er wieder zu Hause. Und dieses Mal für immer. Sein Dienst in der Judge Advocate General Corp. war endlich vorbei. Was nicht vorbei war, war sein Wunsch, seinem Land zu dienen. Und dieser Wunsch würde erfüllt werden, indem er einen anderen Weg auf einem anderen Schlachtfeld einschlug.

„Meine Damen und Herren, die Anschnallzeichen sind nun ausgeschaltet, und Sie können sich nun sicher in der Kabine bewegen. Vielen Dank, dass Sie heute mit uns geflogen sind, und wir wünschen Ihnen alles Gute für Ihre nächste Reise!"

Joe stieg aus dem Flugzeug. Es war eine kleine Maschine, die ihn vom Flughafen in Yellowstone in seine Heimat geflogen hatte, die immer noch eine neunzigminütige Autofahrt von seiner kleinen Heimatstadt entfernt war. Er betrat das Rollfeld und atmete die frische Luft Montanas ein. Mit vollen Lungen blickte er zu den Bergen hinauf und wusste, dass ihm ein harter Aufstieg bevorstand, während er sich darauf vorbereitete, die nächste Etappe in seinem Leben zu beginnen.

Captain Joe Matthews war aus dem Kriegsgeschäft ausgestiegen. Er begab sich auf ein weitaus tückischeres Terrain: die Politik.

„Da ist er!"

Eine rauchige, whiskeygeschwängerte Stimme durchbrach das leise Rauschen des Windes. Es war die Stimme von Joes Wahlkampfmanager und baldigem Stabschef Richard Wilson. Die beiden Männer waren zusammen auf der Uni gewesen. Während Joe sein Studium vorzeitig beendet und in den Dienst des Militärs getreten war, hatte Rich einen längeren Bildungsweg gewählt und vor drei Jahren seinen Abschluss in diversen Haupt- und Nebenfächern gemacht, die zu einem kompletten Bachelor of Science zusammengeschustert worden waren.

Rich hätte viel früher seinen Abschluss machen können, denn seine Eltern hatten der Schule einen Zuschuss gezahlt. Aber er hatte das Leben auf dem Campus einfach zu sehr genossen. Außerdem hatte Rich ganz schön viele Leute kennengelernt. Er kannte jeden im Staat Montana, der es wert war, gekannt zu werden.

„Meine Damen und Herren, Cowboys und Rancharbeiter, darf ich Ihnen den nächsten Staatsanwalt der Vereinigten Staaten von Amerika für den großartigen Bundesstaat Montana vorstellen!"

Rich breitete die Arme aus und gab ein Geräusch von sich, das eine johlende Menge imitieren sollte. Seine Späße wurden mit schiefen Blicken und Augenrollen quittiert, vor allem aber mit verärgerten Mienen der Passagiere, die versuchten, die beiden auf dem Rollfeld stehenden Männer zu umgehen.

„Ich glaube nicht, dass sie deinen Enthusiasmus teilen, Rich", sagte Joe, als er seine Tasche von dem Wagen neben dem Flugzeug hievte.

„Das liegt nur daran, dass sie diesen Goldjungen noch nicht kennen." Rich klopfte ihm auf die Schulter, als sie ins Terminal gingen. „Sie werden erfahren, dass du ein Junge aus deiner Heimatstadt bist, der Gutes getan hat. Ein Außenseiter aus einer Pflegefamilie, der es beim Militär bis zu einem Top-Staatsanwalt und Offizier gebracht hat. Mann, die würden einen Film draus machen, wenn wir deine Geschichte nach Hollywood bringen würden. Was mich daran erinnert, dass wir Ende des Monats ein Treffen mit einem Produzenten haben."

Irgendwann hatten sie ihr Tempo beschleunigt.

Joe merkte das nur, weil er versuchte, wieder zu Atem zu kommen. Er war immer noch in Topform, aber Rich konnte ein Wirbelwind sein, der schwächere Männer und Frauen verschlang und sie mit seinen großen Träumen wieder ausspuckte. Und der Mann träumte groß. Joe hatte im Laufe des vergangenen Jahres jedoch festgestellt, dass sein alter College-Freund viele dieser Träume wahr machen konnte.

„Du hast diese Woche viele Termine", fuhr Rich fort und zückte ein Tablet, das aussah, als könne es Raketen abschießen. „In ein paar Tagen werden wir eine Party veranstalten, um dein Interesse an dem Amt zu bekunden. Alle Ratsmitglieder werden anwesend sein. Dann habe ich Veranstaltungen in den umliegenden Gemeinden geplant und …"

„Rich, ich bin gerade erst zurückgekommen. Ich möchte wenigstens kurz nach Hause fahren und meinen Vater sehen."

„Na klar doch! Was mich daran erinnert, dass wir ein Foto mit dir und deinem alten Herrn machen müssen. Ein Prediger als Vater? Das wird bei den religiösen Wählern gut ankommen."

Joe machte sich nicht einmal die Mühe, laut zu seufzen. Das war Rich. Bei ihm wurde alles inszeniert und zu seinem Vorteil genutzt.

Joe würde nicht zulassen, dass das mit seinem Vater passierte. Haran Matthews hatte vor nicht allzu langer Zeit einen Herzinfarkt erlitten. Er brauchte Ruhe. Joe hatte immer noch ein schlechtes Gewissen, dass er und seine Brüder nicht für ihren Vater da gewesen waren, als er in Not gewesen war. Der Mann war für jeden von ihnen in allen wichtigen Momenten ihres Lebens da gewesen. Seinen Vater zu sehen, hatte oberste Priorität.

„Kommissionspräsident Benson ist morgen Abend zum Essen eingeladen. Er ist derjenige, der noch unschlüssig ist, ob er dich als Staatsanwalt einsetzen soll."

Die letzte Staatsanwältin war aus gesundheitlichen Gründen plötzlich in den Ruhestand getreten. Der Vorstand hatte das Recht, in ihrer Abwesenheit einen stellvertretenden Staatsanwalt zu ernennen. Mit seinen Qualifikationen war Joe der geeignetste Kandidat für diesen Posten.

„Wie die meisten Kommissionspräsidenten ist auch Benson sehr traditionell", fuhr Rich fort. „Er traut keinem Mann, der keinen Ehering trägt. Dafür habe ich die perfekte Frau für dich. Ich habe das für später am Nachmittag arrangiert."

Jetzt seufzte Joe laut auf. Er war von der Idee einer falschen Verlobten nicht begeistert gewesen, als Rich das zum ersten Mal erwähnt hatte. Joe war nicht gut darin, etwas vorzutäuschen. Die meisten Soldaten waren es nicht, es sei denn, es ging um Schmerztoleranz und Folter. Eine Beziehung vorzutäuschen, klang definitiv nach Folter. Vor allem, wenn sein Herz schon vor langer Zeit beschlossen hatte, nur einer Frau zu gehören.

„Du wirst Charlotte mögen", sagte Rich. „Sie ist Anwältin, wie du. Nicht vom Militär, aber sehr erfolgreich. Mann, warte nur, bis du ihre Beine siehst!"

„Rich, ich werde nicht so tun, als wäre ich in eine Frau verliebt, um einen Job zu erhalten."

„Wer hat etwas von Liebe gesagt? Es ist eine geschäftliche Vereinbarung. Ist es nicht das, was eine Ehe ist?"

Nicht für Joe. Jahrelang hatte er versucht, sein Herz davon zu überzeugen, dass es unlogisch war, sich nach Foxy James zu sehnen. Sie war die unpraktischste, irrationalste, unpassendste, schönste, kühnste, klügste …

Joe schüttelte den Kopf. Er hatte völlig den Faden verloren. Wovon sprachen sie gerade?

„Sie ist genau der Typ Frau, den ein Staatsanwalt zur Gattin haben würde", sagte Rich.

Diese Worte brachten Joe ins Hier und Jetzt

zurück. Foxy James – sogar ihr Name – war nicht die geeignete Gattin für den Staatsanwalt des Bundesstaats. Foxy war ein Wirrwarr aus lockigem Haar, das sich nie benahm. Ihre Röcke waren zu kurz. Außerdem trug sie mit Vorliebe glitzernde farbige Turnschuhe, die nicht zu ihren kurzen Röcken passten. Und dann war da noch die andere Sache … Sie glaubte, sie könne hellsehen.

„Wenn du dein Ziel erreichen willst, eines Tages Staatsanwalt dieses Bundesstaates zu werden, dann ist das Mindeste, was du tun kannst, dich heute mit ihr zum Mittagessen zu treffen."

Sie zum Mittagessen treffen? Nicht Foxy, sondern die Frau, die die perfekte Politikergattin abgeben würde. Die Frau, die Joe helfen würde, sein Ziel zu erreichen, ein höheres Amt zu bekleiden, wo er dazu beitragen könnte, die Waagschalen der Gerechtigkeit im Gleichgewicht zu halten.

Das war sein Lebenssinn. Das war sein Traum. Das würde sein Vermächtnis sein, nach einem schwierigen Start ins Leben, bei dem die Waagschalen zu seinen Ungunsten ausgeschlagen hatten. Er hatte die Balance erreicht, und das wollte er auch für andere schaffen. Mit der richtigen Partnerin, einer, die ihm ebenbürtig war, konnte er diesen Traum verwirklichen.

„Joe!"

Joe sah auf, als er die vertraute Stimme hörte. Sein Grinsen wurde breiter, als er seinen Bruder sah. Charlie und Joe hatten das gleiche Lächeln – und die gleichen haselnussbraunen Augen. Charlie streckte eine gebräunte Hand aus. Joe umfasste die Hand seines Bruders mit seiner helleren. Dann umarmten sich die beiden, drückten einander fest und klopften sich gegenseitig auf den Rücken.

Es war schon viel zu lange her, dass er seinen Pflegebruder gesehen hatte. Gut, er war von Brüdern beim Militär umgeben gewesen, aber es ging nichts über die Gegenwart des Mannes, mit dem er aufgewachsen war.

Charlie und Joe und die anderen vier Matthews-Jungs waren gemeinsam durch eine andere Art von Gräben gegangen. Sie hatten sich durch das Pflegesystem gekämpft und überlebt. Für den Kampf auf diesen Schlachtfeldern sollte es eine Medaille geben. Aber die sechs Jungen von Bright Horizons waren mit etwas viel Größerem belohnt worden: einem Vater in Form von Haran Matthews.

„Schön, dich zu sehen, Mann!" Joe drückte Charlie noch einmal, bevor er ihn losließ.

Charlie roch nach Heimat. Nach Heu, Heimkehr und Pferden. Joe verspürte plötzlich den Wunsch, wieder auf der Ranch zu sein. Wieder auf einem offenen Feld zu sein. Auf ein Pferd zu steigen und durch das Tal zu reiten. Das Lachen seines Vaters zu hören und das Funkeln in den Augen des alten Mannes zu sehen.

„Schön, dich wiederzusehen, Rich!", sagte Charlie.

„Dich auch", erwiderte Rich. „Denk nur daran, dass wir jetzt das gemeinsame Sorgerecht für deinen Bruder haben. Ich brauche ihn bis zum Mittag zurück."

Charlie schnaubte, aber er sah das anders. Obwohl Joe und Rich während der Collegezeit eng miteinander verbunden gewesen waren, konnte niemand mit der Bindung, die die beiden Brüder hatten, mithalten.

„Bist du bereit?", fragte Charlie Joe. „Savy parkt draußen in zweiter Reihe."

„Sav ist hier?"

„Ja, sie konnte es nicht erwarten, dich zu sehen."

„Also seid ihr nur zu zweit?", fragte Joe und hoffte, dass niemand die Aufregung in seiner Stimme hören konnte.

„Ja, es ist eine lange Fahrt hierher. Wir haben sie als eine Art Rendezvous genutzt. Wir haben nicht viel Zeit mit den Kindern zu Hause."

Joe nickte, aber seine Gedanken waren nicht bei den Worten seines Bruders. Stattdessen versuchte er, einen anderen Weg zu finden, um zu fragen, wo Foxy war. Niemand wusste von der lange zurückliegenden Entscheidung seines Herzens, dass Foxy die Richtige für ihn war. Er hatte es vor seinen Brüdern und vor Foxy selbst geheim gehalten.

Foxy hatte ihm als Kind erzählt, sie habe eine Vorahnung von ihrer einzig großen Liebe. Sobald sie diese zwei Worte ausgesprochen hatte, *große Liebe*, hatte Joe gewusst, dass sie ihm gehörte. Obwohl Foxy darauf bestanden hatte, dass sie ihren geheimnisvollen Mann erst kennenlernen würde, wenn sie älter war.

„Also, Tricksy ist mit den Kindern auf der Ranch?", fragte Joe.

„Nein, Tricks ist noch unterwegs." Charlie hievte sich eine von Joes Taschen über die Schulter und ging in Richtung Ausgang.

Joe brauchte einen Moment, um sich in Bewegung zu setzen. Foxy war immer noch nicht erwähnt worden.

„Wer kümmert sich um die Kinder?", versuchte Joe es erneut.

„Dad", antwortete Charlie.

Schließlich gab Joe auf und sprach es aus. „Und Foxy?"

„Hm", machte Charlie und dachte einen Moment lang nach. Das Schweigen zog sich so lange hin, dass Joe dachte, er hätte die Frage vergessen. „Ich glaube, sie ist in die Stadt gefahren, um sich mit Travis Ramos zu treffen."

Joes Herz setzte einen Schlag aus. Nicht aufgrund der Regung eines verliebten Mannes. Diese Worte waren wie ein Schlag in die Magengrube gewesen, und das hatte seinem Herzen einen Aussetzer beschert.

Die Liebe seines Lebens war mit jemandem zusammen. Sie war jetzt älter. Travis könnte der Mann ihrer Träume und Vorahnungen sein. Er vielleicht nicht. Tatsache war, dass Foxy Joe in dieser Vision nicht gesehen hatte. Und selbst wenn sie ihn jetzt sehen würde, wäre er nicht der Mann ihrer Träume. Worauf wartete er also noch?

Bevor er den Flughafen verließ, wandte sich Joe an Rich und sagte: „Ich sehe dich und deine Bekannte dann beim Mittagessen!"

apitel Zwei

„Travis, warum willst du mir kein Empfehlungsschreiben geben?"

„Willst du mir etwa sagen, dass du als Hellseherin das nicht weißt?"

Foxy biss sich auf die Zunge und versuchte, sich ihre übliche Erwiderung zu verkneifen. Warum bekam sie das nur immer zu hören? *Wusstest du nicht, dass ich kommen würde? Wusstest du etwa nicht die Antworten auf den Test, bei dem du gerade grandios durchgefallen bist? Wusstest du nicht, dass dieser Mensch ein Idiot ist, bevor du dich mit ihm angefreundet hast?*

Nein, sie wusste diese Dinge nicht, weil sie keine

Hellseherin war. Foxy hasste den Begriff Hellseherin. Es war so ein Sammelbegriff für Leute, die wie sie eine erweiterte Wahrnehmung hatten.

Diese Wahrnehmung konnte diverse Formen annehmen. Manche Menschen hörten Dinge in ihrem Kopf. Ähnlich wie Yoda und andere Jedi-Meister, die die Macht nutzten, um mit schwächeren Menschen zu kommunizieren oder ihnen Vorschläge zu machen. Allerdings war der Hellhörigkeitssinn meist einseitig.

Andere sahen Bilder und Szenen vor ihrem geistigen Auge. Diese Hellsichtigkeit konnte sich in Form von metaphorischen Symbolen äußern. Manchmal sahen sie ein kurzes Aufblitzen von tatsächlichen Ereignissen aus der Vergangenheit. Manchmal konnten sie eine verschwommene Möglichkeit der Zukunft voraussehen.

Foxy war auch nicht mit dieser Fähigkeit behaftet, und sie war dankbar dafür. Ihr Alltag hatte dem geglichen, was man meist nur auf einer Kinoleinwand sehen konnte, mit einer unverantwortlichen Mutter, die ihre Töchter auf die Straße geschleppt hatte, in Hinterhofspelunken und verrauchte Bars, wo sie alle möglichen Dinge gesehen hatten, die kein Jugendlicher hätte sehen sollen.

Foxy war auch dankbar dafür, dass sie nicht

übermäßig empathisch war. Sie musste nicht die Gefühle anderer fühlen. Da sie sowohl als Kind als auch jetzt als Erwachsene in einem Haus voller schwer erziehbarer Jugendlicher lebte, wäre sie nie dazu gekommen, angesichts all dieser Gefühle zu schlafen. Es war der Gedanke an die Kinder, die sich derzeit in ihrer Obhut befanden, der sie dazu brachte, sich zu erniedrigen und es noch einmal mit ihrem ehemaligen Chef zu versuchen.

„Ich bin keine Hellseherin", erklärte sie geduldig. „Was ich bin, ist hellfühlig. Das bedeutet, dass die Botschaften als starkes Gefühl zu mir durchdringen. Wie eine Art Bauchgefühl."

„Hmm", machte Travis, als er die Bestellung einer Gruppe in die Kasse eintippte. „Und dein Bauchgefühl hat dir nicht gesagt, dass du die schlechteste Kellnerin in der Geschichte dieses Restaurants warst?"

„Hat es nicht", lautete die professionelle Antwort von Foxy.

Travis schloss die Kasse mit einem lauten Schlag, der das Gerät klingeln ließ. „Du hast dich mit den Leuten darüber gestritten, was sie bestellen sollen."

„Ich brauchte meine Fähigkeiten nicht, um zu wissen, dass Mr. Jensen nur noch ein Steak von einem Herzinfarkt entfernt war."

Mr. Jensen hatte kaum auf die Sitzbank gepasst. Er war kurzatmig gewesen, als er mit dieser um die Wette gerungen hatte. Sobald er sich schließlich niedergelassen hatte, hatte sich sein Bauch so weit auf den Tisch geschoben, dass er sein Glas Cola darauf hätte balancieren können. Abwechselnd hatte er nach diesem stark überzuckerten Getränk gegriffen und sich am Kiefer sowie an der Brust gekratzt, klare Anzeichen dafür, dass ein Herzinfarkt bevorstehen könnte. Es war nicht ihr Bauchgefühl gewesen. Es waren ihre eigenen Augen gewesen, die Foxy gesagt hatten, dass ein weiterer Schluck oder ein weiterer Bissen des schweren Essens sein letzter hätte sein können.

Foxy hatte sich geirrt. Es waren zehn weitere Steaks gewesen, bevor Mr. Jensen im Krankenhaus gelandet war. Und selbst nach seinem Bypass hatte sie gesehen, wie er sich in den Fast-Food-Laden in der nächsten Stadt geschlichen hatte.

„Dann kam es zu diesen langen Wartezeiten, weil du angefangen hast, den Gästen die Zukunft vorauszusagen", fuhr Travis fort, während er die mit Plastik überzogenen Speisekarten abwischte und dieser Tätigkeit mehr Aufmerksamkeit schenkte als ihr.

„Ich mache keine Vorhersagen, weil ich keine Hellseherin bin", korrigierte Foxy. „Was ich getan habe, war, meinen Nachbarn, die in dieses feine Etablissement kamen, zu sagen, was mein Bauchgefühl mir über sie sagte. Es wäre unverantwortlich von mir gewesen, das nicht zu tun."

Travis knallte die halbwegs saubere Speisekarte auf den Tresen. „Das war nicht deine Aufgabe! Dein Job war es, ihre Bestellungen aufzunehmen und sie mit einem Lächeln zu bedienen. Dazu warst du nicht fähig."

„Ich habe gelächelt …"

„Und jetzt willst du einen Job als Hellseherin für Jugendliche in Schwierigkeiten?"

Foxy öffnete den Mund, um ihm noch einmal zu sagen, dass sie keine Hellseherin war. Es war zwecklos. Also schloss sie den Mund, atmete durch die Nase ein und versuchte, das Bauchgefühl wiederzuerwecken, das ihr gesagt hatte, dass Travis ihr ein Empfehlungsschreiben ausstellen würde.

Offensichtlich hatte sie sich auch in diesem Fall geirrt. Das war das Problem, wenn man mit geschärften Sinnen begabt war. Sie war aufmerksam genug, um die Botschaft zu verstehen. Aber sie interpretierte die Bedeutung nicht immer richtig.

Foxy hatte oft das Gefühl, dass gleich jemand anrufen oder vorbeikommen würde. Das Telefon könnte dann sofort klingeln – oder erst in einer

Stunde. Der Betreffende könnte später oder in der nächsten Woche vor ihrer Tür auftauchen. Die Gefühle waren nicht mit einem Zeitstempel versehen. Aber sie gingen immer in Erfüllung ... irgendwann.

Jetzt war eindeutig nicht der Zeitpunkt, an dem Travis ihr eine glänzende Beurteilung geben würde. Das Problem war, dass sie dieses Empfehlungsschreiben eher früher als später brauchte, wenn sie ihre Bewerbung als zertifizierte Pflegefachkraft für Jugendliche abschließen wollte. Sie hatte Kinder, die sie brauchten – vor allem eines.

Mit diesem Gefühl der Dringlichkeit machte Foxy auf dem Absatz kehrt und verließ das Restaurant. Die Arbeit in *Ramos's Deli and Café* war nicht ihr einziger Job gewesen. Sie hatte noch andere Gelegenheitsjobs in der Stadt gehabt, seit sie das Bühnenleben hinter sich gelassen hatte.

Sie und ihre beiden Schwestern waren einst als Gesangstrio durchs Land getourt, auch nachdem ihre Mutter an einer Überdosis gestorben war. Aber das Singen war nicht Foxys Leidenschaft gewesen. Menschen schon. Vor allem jüngere Menschen.

Wie ihre ältere Schwester Savy hatte Foxy beschlossen, ihr Leben der Hilfe für problembelastete Jugendliche im Pflegesystem zu widmen.

Kinder, die keine verantwortungsvollen Eltern, keine Erziehungsberechtigten oder überhaupt keine Familie hatten. Aber Foxy wollte auf einer höheren Ebene helfen.

Zu viele der Kinder in Pflegefamilien litten unter Traumata und emotionalen Schocks. Sie hatten oft lang anhaltende psychologische Folgen, die normale Pflegeeltern nicht bewältigen konnten. Da Foxy diese Erfahrung gemacht hatte, konnte sie helfen. Foxy *wollte* helfen.

Sie hatte die Praxisstunden abgeschlossen. Zum Erstaunen ihrer Mitmenschen hatte sie ein astreines Führungszeugnis gehabt. Jetzt brauchte sie nur noch zwei Empfehlungsschreiben, um das Zulassungsverfahren abzuschließen. Überraschenderweise erwies sich dies als der schwierigste Teil.

Bislang hatte sie nur einen Brief erhalten. Von Vater Matthews. Sie brauchte noch einen. Aber sie machte sich nicht die Mühe, einen der alten Bar-, Club- oder Bühnenmanager zu kontaktieren, weil sie dachte, dass diese nicht die besten Menschenkenner waren.

Die Danillos in der Pizzeria erinnerten sich an sie. Aber sie wollten ihr keine Empfehlung geben, da sie dort als Teenager nur drei Wochen lang gearbeitet hatte. Und ihr war fristlos gekündigt worden, als ihre Mutter sie und ihre Schwestern für einen zweimonatigen Auftritt auf der Straße mitgenommen hatte.

Als jüngste der James-Schwestern war Foxy nicht lange genug auf die Highschool gegangen, als dass die Lehrer ein Gefühl für sie hätten entwickeln können. Ms. Wright, ihre Chorlehrerin, erinnerte sich an sie. Aber am meisten erinnerte sie sich daran, dass Foxy erwähnt hatte, sie habe das Gefühl, dass Ms. Wright und Mr. Gerken, der Footballtrainer, zusammenkommen würden.

Foxy hatte recht gehabt. Mehr oder weniger. Sie hatten geheiratet. Ein Kind bekommen. Und dann hatte der Footballtrainer die Chorlehrerin für die Hauswirtschaftslehrerin verlassen. Es war einer der größten Skandale in der Geschichte von Honor Valley gewesen.

Genau genommen hatte Foxy recht gehabt. Nur nicht recht genug, um ein glühendes Empfehlungsschreiben der ersten Mrs. Gerken zu erhalten. Foxy gingen langsam die Möglichkeiten aus.

Foxy hob den Kopf, ließ sich eine frische Brise ins Gesicht wehen und wartete auf ein Gefühl, das ihr sagte, in welche Richtung sie gehen sollte. Der Wind frischte zu ihrer Rechten auf, und sie drehte sich, sodass er nun von hinten wehte. Es musste doch jemanden in dieser Stadt geben, der für sie bürgen würde.

Und dann sah sie es. Ein Zeichen. Charlotte O'Dell, Kanzlei für Familienrecht. Ms. O'Dell hatte Foxy schon einmal aus der Patsche geholfen. Sie hoffte nur, dass die Anwältin das wieder schaffen würde.

apitel Drei

Es ging nichts über den Geruch des eigenen Zuhauses. Auf der Flying Cross Ranch roch es nach frisch gemähtem Gras, nach Erde und nach Dung. Joe blähte die Nasenflügel auf, als er den vertrauten Geruch aufnahm. Er öffnete den Mund, um ihn hinunterzuschlucken. Es war der Geruch von Zugehörigkeit, der Geruch von Sicherheit, das Wissen, dass er an diesem Ort sicher war.

In jungen Jahren war sein Geruchssinn sein erster Schutz gewesen. Saubere Gerüche waren rar gewesen. Joe hatte den ersten Teil seines Lebens damit verbracht, auf klumpigen Matratzen zu schlafen, die manchmal auch als Toilette benutzt worden waren. Er hatte sich in Ecken versteckt, die nach verfaultem Essen gerochen hatten. Er hatte sich in Schränken mit ungewaschener Kleidung verkrochen.

Joe wusste, dass er in Liebe gemacht worden war. Der Brief seiner toten Mutter hatte ihm das gesagt. Er konnte sich gerade noch an ihr Gesicht erinnern. Ihre blonden Locken und blauen Augen mit den rosa Lippen, die sich zu einem so strahlenden Lächeln verziehen konnte, dass es die einzige Erinnerung, die er an sie hatte, zu überdecken drohte.

Seine Mutter, Janie, hatte ihm gesagt, dass sie ihn liebte, und seinen Vater auch. Den Vater, den Joe nie kennengelernt hatte, weil er in Afghanistan durch eine Bombe ums Leben gekommen war. Sergeant DeSean Curtis hatte seinen einzigen Sohn nie kennengelernt, weil Janie Hortons Eltern das Aussehen des großen, dunklen Mannes mit den vielen Tätowierungen nicht gefallen hatte.

Als Janie nach DeSeans Beerdigung nach Hause gekommen war, hatten sie ihre Tochter gedrängt, das kleine braune Baby zur Adoption freizugeben. Als sie sich geweigert hatte, hatten sie ihr drei Jahre lang den Geldhahn zugedreht ... bis sie bei einem Fabrikunfall ums Leben kam. Als Joe auf der

Türschwelle seiner Großeltern abgesetzt worden war, hatte er erstmalig gelernt, sich zu verstecken. Als er dann von einer Pflegefamilie aufgenommen worden war, hatte er diese Überlebenstaktik schon gut drauf gehabt.

Joe hatte aufgehört, sich zu verstecken, als er in Haran und Tessa Matthews' Haus gekommen war. In jedem Zimmer hatte es nach Weite und blühenden Blumen gerochen. Die Betten waren weich und warm gewesen, die Kleider immer gewaschen und gefaltet in den Schränken. Die Badezimmer waren makellos und geruchsneutral gewesen, selbst nachdem einer seiner Brüder sein Geschäft drinnen erledigt hatte. Die Flying Cross Ranch war der am besten riechende und sicherste Ort auf der Welt.

Der Himmel über dem Haus der Ranch hatte sich durch die Abwesenheit seiner Adoptivmutter ein wenig verdunkelt. Joe hatte der Tod von Tessa Matthews genauso hart getroffen wie der seiner Mutter. Es war die Liebe seines Adoptivvaters gewesen, die ihn stark gemacht hatte.

Haran Matthews lächelte ihn von der Veranda herab an. In dieser Sekunde riss die Wolkendecke auf und schickte zwei Sonnenstrahlen herab, als sich die beiden Männer umarmten. Joe war sich sicher, dass es seine beiden himmlischen Mütter waren, die ihre Liebe ausstrahlten.

Joes Adoptivvater hatte ihn sofort umarmt, als er durch die Tür des Ranchhauses gekommen war. Als Vater Matthews sich bewegte, um seinen Sohn loszulassen, drückte sich Joe noch fester an ihn, weil er ihn noch ein paar Augenblicke länger festhalten wollte, um seinen Duft einzuatmen. Er hätte den Mann, der ihm das Leben gerettet hatte, beinahe aufgrund eines Herzinfarkts verloren. Und so hielt Joe ihn noch ein wenig länger fest.

Als er seinen Vater endlich losließ, sah er eine bunt zusammengewürfelte Gruppe von Kindern, die ihn misstrauisch beäugte. Diese Blicke erinnerten ihn an die Zeit, als er und seine Brüder noch klein gewesen und Fremde auf die Ranch gekommen waren. Monatelang, wahrscheinlich sogar jahrelang, hatten die Matthews-Jungs befürchtet, dass jemand auf die Flying Cross kommen würde, um sie ihren Adoptiveltern wegzunehmen.

„Kinder, ich möchte euch meinen Sohn vorstellen", sagte Vater Matthews. „Joe, das ist Denny."

Der größte Junge nickte, seine scharfen Augen musterten Joe herausfordernd. Das war der Anführer dieses Haufens.

„Diese kleine Prinzessin ist LaTisha."

Ein dunkelhäutiges Mädchen mit Zöpfen biss sich auf die Innenseite ihrer Lippe, als sie Joe betrachtete. Während Denny der Anführer zu sein schien, sah sie aus wie das Gehirn der Bande.

„Der hier ist Miguel."

Miguel war der Einzige aus der Gruppe, der Joe ein Lächeln und ein schüchternes Winken schenkte. Der dunkelhaarige Junge betrachtete Joe von oben bis unten, aber nicht so, als würde er abwägen, ob er es mit ihm aufnehmen könnte oder nicht. Miguel betrachtete Joe, als würde er überlegen, welches Geschenk er ihm zum Geburtstag machen sollte.

„Ich mache Enchiladas zum Abendessen", sagte Miguel. „Ein paar mit Hühnchen und andere nur mit Fisch, weil Tisha beschlossen hat, Vegetarierin zu werden."

„Fisch ist kein Gemüse", sagte LaTisha und verdrehte die Augen, als wäre es nicht das erste Mal, dass sie diese Tatsache feststellte.

Vater Matthews lächelte die beiden auf seine gutmütige Art an, bevor er sich an das letzte Kind in der Runde wandte. „Dieser Junge hier ist Ashton, der es vorzieht, Ashtray genannt zu werden."

Ashtrays blondes Haar war zu ordentlichen kleinen Zöpfen geflochten. Er trug ein Wu-Tang-Clan-T-Shirt und Jeans, die locker an seinem dünnen Körper herunterhingen. „Yo, hast du coole Rap-Texte geschrieben, Bruder?"

Joe verkniff sich die Erwiderung, die ihm auf der Zunge lag. Dies war nur ein Kind. Dennoch musste es Respekt lernen.

„Du kannst mich Captain Joe nennen, Ash… tray." Joe dachte sich, wenn er den Jungen schon um etwas Respekt bei der Anrede bat, dann musste er ihm ebenfalls Respekt zollen. „Und ich bin kein Lyriker. Ich bin Anwalt."

Angst zeichnete sich auf den Gesichtern der Kinder ab. Sie traten einen Schritt zurück und näher an Vater Matthews heran. Sogar Denny, der furchtlose Anführer, schaute entsetzt drein.

„Ganz ruhig", sagte Joe. „Ich bin nicht hier, um einen von euch zu entführen. Das hier ist auch mein Zuhause. Ich war ein Pflegekind, bis Vater Matthews mich adoptiert hat."

„Ms. Savy und Mr. Charlie werden uns adoptieren", sagte Miguel.

„Ich weiß", erwiderte Joe. „Ich helfe ihnen mit dem Papierkram."

Diese Aussage löste die Spannung in der Gruppe. Aber es herrschte immer noch ein wachsames Unbehagen. Joe verstand das. Er war der Neue für sie.

Pflegekinder brauchten immer eine Weile, um Erwachsenen zu vertrauen.

„Warum gehst du nicht und richtest dich ein, mein Sohn? Ich habe Savy das Gästezimmer herrichten lassen."

„Oh, ähm, ich wollte im Gästehaus übernachten."

„Savy und Foxy sind im Gästehaus untergebracht."

„Ach ja? Nun, ich dachte, da Savy und Charlie heiraten werden, dass …"

„Dass was?"

Joe konnte seinem Vater nicht in die Augen schauen. Wenn er es wagte, würde dieser seine Absichten sofort durchschauen. Aber was genau waren Joes Absichten gegenüber Foxy?

„Dies ist immer noch ein christlicher Haushalt", sagte sein Vater. „Savy und Charlie können im selben Zimmer schlafen, wenn sie ihr Gelübde abgelegt haben."

Die Kinder kicherten, beruhigten sich aber nach einem strengen Blick von Vater Matthews wieder. Als dieser strenge Blick zu Joe wanderte, zitterte der erwachsene Mann wie Espenlaub.

„Obwohl du und Foxy ja wie Bruder und Schwester seid …" Vater Matthews wartete ein paar

Sekunden, bevor er seinen Satz zu Ende führte. „Es wäre unpassend für einen Mann in deiner Position, im selben Haus wie eine alleinstehende Frau zu schlafen."

Lange Zeit danach dachte Joe über die Sprechpause nach, die sein Vater eingelegt hatte. Wusste Vater Matthews von seinen kindlichen Gefühlen für Foxy? Waren es immer noch lediglich kindliche Gefühle? Joe hatte bereits festgestellt, dass Foxy nicht die Frau seiner Träume sein konnte – nicht, wenn das, was sie war, der Verwirklichung seiner Träume im Wege stand.

In der Küche öffnete Joe den Kühlschrank, um sich ein kaltes Getränk herauszuholen. Als die kalte Luft aus dem Eisfach strömte, nahm er auch den Geruch von Erdbeeren wahr. Der süß-säuerliche Duft versetzte Joe zurück in eine Zeit, die sich wie ein Traum angefühlt hatte.

Sie hatte Erdbeerduft in ihrem Atem gehabt. Das war immer so gewesen. Entweder von ihrem Lippenbalsam oder von der Frucht selbst. Es war ihr Lieblingsobst.

Joe hatte sich nie für Erdbeeren interessiert. Die Kerne blieben ihm immer zwischen den Zähnen stecken. Er hatte sie am Esstisch gemieden – bis zu jenem Tag. Jenem Tag, als Foxy James zu ihm aufgeblickt und ihre nach Erdbeeren duftenden und glänzenden Lippen auf seine gepresst hatte.

Er war immer ein ernstes Kind gewesen, das nicht zu Gefühlsausbrüchen geneigt hatte. Er hatte nicht geweint, als seine Mutter gestorben war. Er hatte nicht geweint, als seine Großeltern ihn verlassen hatten. Das einzige Mal, dass Joe Matthews geweint hatte, war an dem Tag gewesen, an dem Foxy James ihn geküsst hatte. Denn in dem Moment, als ihre süßen, beerenfarbenen Lippen seine berührt hatten, war eine einzelne Träne über seine Wange gekullert und hatte den Kuss bitter gemacht.

Foxy hatte Joe etwas über Seelenverwandte beigebracht. Er hatte gedacht, dass sie seine war. Aber sie hatte nie gesagt, dass er ihrer war. Wenn sie ihn nicht auf diese Weise betrachtete, konnte sie logischerweise nicht seine Seelenverwandte sein. Jemand anderes musste es sein.

Oder vielleicht gab es überhaupt keine Seelenverwandten.

Was Joe wusste, war, dass sein einziger Zweck, auf dieser Erde zu sein, darin bestand, die Waagschalen der Gerechtigkeit in Balance zu halten. Mit ein wenig mehr Macht in seinen Händen könnte er viel Gutes bewirken. Die Ernennung zum Staatsanwalt des Bundesstaates würde ihm etwas von dieser Macht verleihen. Ein Date mit einer Frau, wie Rich es vorgeschlagen hatte – wie hieß sie noch mal, Charlotte? – könnte ein Schritt in diese Richtung sein.

Mit diesem Gedanken schloss Joe die Kühlschranktür wieder und den Duft der säuerlichen Beeren aus.

 apitel Vier

Foxy trug das Gloss auf ihre Lippen auf. Der süße Geschmack von Erdbeeren berührte ihre Zungenspitze. Das beruhigte sie sofort und brachte ihre rasenden Gedanken zurück zu den schlichten Freuden der Kindheit.

Die James-Schwestern waren so arm aufgewachsen, dass Süßigkeiten ein unerreichbarer Traum gewesen waren. Obst von den Feldern war ihr einziges Vergnügen gewesen. Wenn in den Sommermonaten Erdbeeren Saison gehabt hatten, war Foxy durch die Felder gerannt und hatte geschlemmt, als wäre sie das reichste Kind der Welt.

Sie hatte ihre Hände ausgestreckt, als sie an der Tür zu Charlotte O'Dells Büro stand. Foxy presste ihre Ober- und Unterlippe aufeinander und strich das Gloss glatt. Dies war ihre letzte Chance, nicht nur ihren Traum zu verwirklichen, sondern auch Kindern in Not zu helfen.

Genau das tat Frau O'Dell. Sie half Kindern in Not. Sie würde nicht Nein sagen können. Sie konnte es einfach nicht.

Foxy streckte die Schultern durch, hob das Kinn und verzog den Mund zu einem breiten, freundlichen Lächeln, als sie das Büro von Charlotte O'Dell, Anwältin für Familienrecht, betrat. In der Mitte des hellen Empfangsraums saß Foxys erstes Hindernis.

„Haben Sie einen Termin?", fragte die Sekretärin. Ihr dunkles Haar war zu einem strengen Dutt zurückgebunden. Die Brille, die auf ihrer Nasenspitze saß, hatte zu dünne Gläser, als dass sie eine Sehhilfe hätte sein können.

„Nein, aber ich bin eine ehemalige Mandantin von Frau O'Dell", antwortete Foxy, während sie um den Schreibtisch der Sekretärin herumging. „Ich habe nur eine kurze Frage an sie."

Die Frau mochte klein sein, aber sie war schnell. Sie sprang von ihrem Stuhl auf, lief um den Schreibtisch herum und versperrte Foxy im Handumdrehen den Weg. „Es tut mir leid, aber Frau O'Dell ist auf dem Weg zum Mittagessen."

„Ich habe nur eine kurze Frage zu ein paar Unterlagen."

Foxy täuschte eine Rechtsdrehung an, aber leider sah die andere Frau ihre Bewegung voraus und streckte ihre dünnen Arme aus, um Foxy am Weitergehen zu hindern. Foxy hörte die spöttische Stimme in ihrem Kopf: *Hast du das nicht kommen sehen, kleine Miss Hellseherin?*

„Ich kann Sie für nächste Woche einplanen", sagte die Sekretärin mit zusammengebissenen Zähnen.

Foxy setzte ihr gewinnendstes Lächeln auf und versuchte es erneut mit Diplomatie. „Glauben Sie mir, was ich zu sagen habe, wird nicht länger dauern als …"

„Foxy James? Bist du das?"

Eine hübsche Blondine steckte den Kopf aus der Bürotür. Charlotte O'Dell war immer gut gekleidet. Sie trug einen dunkelvioletten Hosenanzug, dessen Gürtel bis knapp unter das Brustbein reichte und ihre schmale Taille betonte. Ihre Lippen waren von einem gedämpften Rosa, aber es ging kein Duft von ihrem Mund aus wie bei Foxys Beerengloss. Das lag daran, dass es sich wahrscheinlich um einen echten Lippenstift aus einem schicken Kaufhaus oder einem

Kosmetikgeschäft handelte und nicht um ein Lipgloss aus dem Supermarkt an der Ecke.

„Was ist es denn diesmal?", fragte Charlotte, während sie sich einen Schal um die Schultern legte, der perfekt zu ihrem gut sitzenden Hosenanzug passte. „Hast du versucht, einen anderen Mann wie ein Pferd zu reiten?"

Die Sekretärin ließ die Arme fallen und trat zurück. Sie blickte nun interessiert zu Foxy auf. Diese holte tief Luft und stieß sie langsam wieder aus.

„Es ist nicht so, wie du denkst", sagte Foxy.

Charlotte lachte. Ja, lachte, denn obwohl sie eine Frau war, würde man von dieser seriösen Anwältin niemals ein Kichern zu hören bekommen. Charlottes Stimme war rauchig, wie die von Foxys ältester Schwester Savy. „Ich habe Ms. James vor einem Jahr vertreten, als sie wegen Körperverletzung angeklagt wurde."

„Es war keine Körperverletzung", widersprach Foxy. „Es war Selbstverteidigung."

Charlotte hob eine ihrer perfekt gezupften Augenbrauen.

„Das war es", beharrte Foxy. „Nur nicht für mich. Für das Pferd."

Die Sekretärin wandte sich von Foxy ab und sah

ihre Chefin fragend an. Das ärgerte Foxy. Immerhin war es ihre Geschichte. Sie war diejenige, die aus erster Hand berichten konnte.

„Ms. James beschuldigte Auggie Fenton, Tiere zu misshandeln. Was jeder tierliebende Bürger tun sollte, wenn er Zeuge eines solchen Vorfalls wird. Nur hatte Ms. James Mr. Fenton nie zu Gesicht bekommen."

Die Sekretärin drehte sich wieder zu Foxy. Als diese den Mund öffnete, um das Ganze zu erklären, wandte sie sich wieder an Charlotte, um von dieser Foxys Geschichte zu hören.

„Die Polizei befragte daraufhin Mr. Fenton. Nur um zu erfahren, dass er keine Haustiere besaß. Als die Polizei zurückkam, um sie zu befragen, sagte Ms. James, sie habe das Gefühl gehabt, dass Mr. Fenton Tiere misshandle. Sie ist eine Hellseherin, wissen Sie."

Jetzt rümpfte die Sekretärin die Nase und schaute Foxy an. Diese starrte zurück und war sich diesmal absolut sicher, dass die dünnen Brillengläser keinerlei Sehstärke hatten.

„Ich bin hellfühlend", korrigierte Foxy. „Das heißt, ich nehme Gefühle wahr."

Foxy konnte nicht sagen, ob die Sekretärin sie nun mit Interesse oder Verachtung ansah. Charlotte

grinste mit einer für die seriöse Anwältin unge-
wohnten Belustigung. Foxy nahm an, dass ihr Fall
der Witz des Monats gewesen war.

„Wie sich herausstellte, hatte sie recht", fuhr
Charlotte fort. „Mr. Fenton hatte Pferdemähnen im
Kofferraum seines Wagens. Er war wochenlang zu
Ranches gefahren, hatte Pferdemähnen abge-
schnitten und sie auf dem Schwarzmarkt als Haar-
strähnen und -verlängerungen verkauft."

Die Sekretärin berührte unbewusst ihren straffen
Dutt. Auf den zweiten Blick sah ihr Haar viel zu dick
und üppig aus, um ihr eigenes zu sein. Wahrscheinlich war sie eine Kundin ebendieses Typen gewesen.

„Das ist ein furchtbares Verbrechen", sagte Foxy.
„Pferde nutzen ihre Schwänze zur Kommunikation,
zum Wärmen und zur Schädlingsbekämpfung.
Stellen Sie sich vor, jemand kommt und hackt Ihnen
ein Glied ab. Es dauert ein Jahr, bis es wieder
nachwächst."

„Mr. Fenton ist nur mit einer Ordnungswidrig-
keit davongekommen", sagte Charlotte. „Das
schmerzt immer noch."

Obwohl Charlotte O'Dell ein wenig steif war,
wenig Fantasie hatte und Dinge oft wörtlich nahm,
hatte Foxy die Anwältin gemocht. Charlotte war
sehr zielstrebig, wenn es um die Waagschalen der

Gerechtigkeit ging. Dieser Charakterzug erinnerte Foxy an ihren besten Freund aus Kindertagen, Joe Matthews.

Schon als kleiner Junge war Joe ernst gewesen. Er war hinter Foxy hergelaufen, war die Stimme des Gewissens auf ihrer rechten Schulter gewesen. Foxy war nie daran interessiert gewesen, das Gesetz zu brechen. Sie hatte allerdings die Angewohnheit gehabt, anderen von den Gefühlen zu erzählen, die in ihr aufgekommen waren. Das hatte sie in die eine oder andere Zwickmühle gebracht. Joe war immer da gewesen und hatte sie mit seiner ruhigen Logik gerettet.

Joe würde bald auf die Ranch zurückkehren. Foxy konnte es kaum erwarten, ihren alten Freund wiederzusehen. Sie sollte ihn Charlotte vorstellen. Die beiden würden perfekt zueinander passen. Sofern Charlotte ihr helfen würde.

„Was kann ich für Sie tun, Ms. James?"

„Ich hatte gehofft, ein Empfehlungsschreiben von Ihnen zu erhalten."

„Eine Empfehlung? Wofür?"

„Ich möchte eine Pflegemutter mit höherer Qualifikation werden."

Charlotte neigte den Kopf wie ein Vogel zur Seite. Diese Bewegung erinnerte sie wieder an Joe

Matthews. Joe starrte Foxy oft auf die gleiche Weise an, als wäre sie ein Wesen, das er nicht verstand. Ein Wesen, das vielleicht seine Hand mit einem Leckerli öffnet oder einen Trick anwendet, bei dem sie sich auf ihn stürzt und ihn ganz verschlingt.

„In Ordnung", erwiderte Charlotte.

„Wirklich?", fragte Foxy.

„Ich werde es tun."

„Ja?"

„Geben Sie mir bis zum Abend Zeit. Ich habe eine Verabredung zum Mittagessen mit ..." Charlotte sah auf und lächelte. Es war das Lächeln von jemandem, der sich an einem heißen Wüstentag einer Oase näherte. „Ich glaube, mit dem, der da gerade kommt."

Ein Gefühl überkam Foxy. Eines, das ihr sagte, dass etwas Wichtiges passieren würde. Wer auch immer dieser Kerl war, der Charlotte abholen wollte, er war ein Seelenverwandter. Foxy konnte es in ihrem Bauch spüren.

Es war das warme Gefühl, wie wenn das Meer an einem Sandstrand die Zehenspitzen berührt. Wie das Kuscheln unter der Bettdecke, mit frisch gewaschenem Bettzeug. Wie die Geborgenheit, die sie jedes Mal empfand, wenn Vater Matthews sie umarmte und anlächelte.

Foxy drehte sich um, neugierig darauf, das erste Mal zu erleben, wie sich wahre Liebe im wirklichen Leben entfaltet. Sie sah sich einem vertrauten Gesicht gegenüber. Einem Gesicht aus ihrer Kindheit, das sich zu den scharfen Kanten und wohldefinierten Linien des Gesichts eines erwachsenen Mannes entwickelt hatte. Eines Mannes mit einer muskulösen Brust, sodass sich sein Hemd spannte.

Als Joe Matthews' Blick Foxys begegnete, neigte er den Kopf in der gleichen vogelartigen Bewegung wie in seiner Jugend zur Seite. Süßes oder Saures, schien er zu fragen. Foxy ließ ihm keinen Moment Zeit, sich zu entscheiden. Sie stürzte sich in die Arme ihres Freundes und ließ sich von dem warmen Gefühl des Ozeans, den frisch gewaschenen Laken und der sicheren Umarmung, für die sein Vater berühmt war, wenn er die Menschen, die er liebte und schätzte, an sich drückte, überwältigen.

Joe Matthews, ihr bester Freund aus Kindertagen, war zu Hause.

apitel Fünf

„Das ist sie."

Noch nie hatte etwas Wahres so laut in den Ohren eines Mannes geklungen. Das waren die Worte, die ihm in der vergangenen Stunde in den Ohren nachgeklungen hatten, als Joe versucht hatte, sich davon zu überzeugen, dass Foxy nicht die Richtige für ihn war. Dass diese Verliebtheit aus Kindertagen längst vorbei war. Dass es da draußen jemand anderen geben musste, eine weitaus passendere Frau, mit der er sein Leben verbringen sollte.

In dem Moment, in dem er durch die Tür der Anwaltskanzlei von Charlotte O'Dell getreten war, hatte er als Erstes Foxys dunkle, federnde Locken gesehen. Das Zweite, was er gesehen hatte, waren ihre hellen, ausdrucksstarken Augen gewesen. Das Letzte, was er gesehen hatte, war ihr strahlendes, sonniges Lächeln gewesen.

„Das ist sie."

Die Worte wurden laut ausgesprochen, aber sie stammten nicht aus Joes Mund, sondern von Rich, der neben Joe die Büroräume betreten hatte. Er sah es also auch? Er sah, dass Foxy die einzige Frau für ihn war? Joe hatte jetzt keinen Grund mehr, an seinem Freund zu zweifeln oder ihn in Frage zu stellen.

Und es sah so aus, als hätte Foxy es endlich auch gesehen.

Ihr ganzes Gesicht leuchtete auf wie ein Weihnachtsbaum, als sie sich umdrehte und ihn erkannte. Die federnden Locken auf ihrem Kopf wippten wie zu einem temperamentvollen Tanz, als sie die Hände zusammenschlug und vor Freude auf und ab hüpfte. Mit jedem Schritt, den sie auf ihn zuging, wurde ihr Lächeln breiter und strahlte von innen heraus.

Foxy breitete die Arme aus wie ein Vogel, der zum ersten Mal fliegt. Da war keine Angst vor dem Fallen. Kein Gedanke an Versagen. Denn Joe war da, um sie aufzufangen, als sie sich in seine weit geöffneten Arme stürzte.

Joe fing sie jedes Mal auf. Foxy hatte die Angewohnheit, nicht zu schauen, bevor sie sprang. Zu sprechen, bevor sie ihre Worte durchdacht hatte. Sie handelte, bevor sie einen soliden Plan hatte.

Als Kind war Joe immer hinter Foxy hergelaufen. Er hat ihr nie gesagt, dass sie nichts Verrücktes tun sollte, denn dann hätte er keinen Grund gehabt, bei ihr zu sein. Und Joe hatte immer auf jede Gelegenheit gewartet, sie zu erwischen.

Jetzt hielt er sie fest. Er schlang die Arme um ihren üppigen Körper. Er verschränkte die Finger und hielt sie fest, sobald sie in seiner Umarmung war.

Steckte die Nase in ihr Haar. Ihre Locken kitzelten ihn, kräuselten sich um ihn und hießen ihn willkommen.

Er atmete den süßen Duft von Erdbeeren ein, und sein Magen knurrte und erinnerte ihn daran, dass er seit seiner Landung nichts mehr gegessen hatte. Tatsächlich konnte er sich nicht daran erinnern, wann sein Bauch das letzte Mal gefüllt worden war. Plötzlich war Joe am Verhungern. Noch nie in seinem Leben hatte er sich etwas so sehr gewünscht wie die Frau in seinen Armen.

Die Frau seiner Träume hob den Kopf und sah ihn an. Lächelnd sagte Foxy seinen Namen. „Joe."

Es war ein Seufzer. Es war eine Heimkehr. Es war die Antwort auf ein Gebet.

Joe fühlte sich in die Zeit vor all den Jahren zurückversetzt, als er ihre Lippen gekostet hatte. Es war ein dunkler Moment gewesen, der dunkelste in seinem Leben. Der Tag, an dem sie ihm weggenommen worden war. Genau wie seine Mutter. Genau wie sein Vater.

Aber bei Foxy war es anders gewesen. Denn Foxy war immer noch auf dieser Erde gewandelt. Aber er hatte nicht neben ihr hergehen, hatte sie nicht auffangen können, wenn sie gestolpert wäre. Er wäre nicht da gewesen, wenn sie gefallen wäre.

All das war vorbei. Denn jetzt war sie hier, und er würde sie nie wieder gehen lassen.

Joe hatte Foxy in seinen Armen. Und jetzt sah sie es. Alle sahen es. Sie gehörten zusammen.

Jemand räusperte sich hinter ihm. Joe ignorierte den Eindringling. Er war viel mehr damit beschäftigt zu überlegen, ob er sie jetzt küssen konnte oder ob er bis später warten sollte.

„Ich habe erst jetzt gemerkt, wie sehr ich dich vermisst habe", sagte Foxy.

„Ich habe dich jeden Tag vermisst, seit ich dich

das letzte Mal gesehen habe", erwiderte Joe und freute sich, dass er endlich seine Wahrheit laut aussprechen konnte. „Dreitausendfünfhundertsiebenundsechzig Tage."

Foxy warf den Kopf zurück und lachte. Joe hielt sie immer noch fest im Arm. Hätte er das nicht getan, wäre sie vielleicht nach hinten umgekippt. Das hätte er nie zugelassen. Im Gegenteil, er schlang die Arme noch fester um sie. Wie hatte die Frau ohne ihn überlebt?

„Haben Sie das gehört, Ms. O'Dell?", fragte Foxy über ihre Schulter. „Joe ist hervorragend in Mathe. Immer, wenn ich ein Algebra-Problem hatte, bin ich zu ihm gegangen."

O'Dell? Warum kam ihm dieser Name bekannt vor? Zum ersten Mal, seit er das Gebäude betreten hatte, schaute Joe auf die andere Frau im Raum. Sie war groß, blond und trug einen maßgeschneiderten Hosenanzug, der ihre schlanke Figur betonte.

„Er ist klug", fuhr Foxy fort. „Und gut aussehend."

Die Frau, Ms. O'Dell, hob eine Augenbraue und nickte. Wieder räusperte sich jemand hinter Joe. Seine ganze Aufmerksamkeit war auf Foxy gerichtet. Foxy machte einen Schritt zurück, um sich aus seiner Umarmung zu lösen. Joe wollte sie jedoch nicht loslassen.

„Ich dachte, du würdest erst später kommen", sagte Foxy.

„Was?", entgegnete Joe. „Erzähl mir nicht, du hättest mich nicht kommen sehen!"

„Doch, ich habe dich gesehen. Wir haben gerade über dich gesprochen." Wieder deutete Foxy hinter sich auf die blonde Frau. „Habe ich Ihnen nicht gerade von ihm erzählt, Ms. O'Dell?"

„Das haben Sie in der Tat." Ms. O'Dell streckte eine Hand aus. „Hallo, Captain Matthews. Es ist schön, Sie endlich kennenzulernen."

Warum kam ihm der Name bekannt vor? Joe hatte keine Zeit, in seinem Gedächtnis zu kramen. Während seine Aufmerksamkeit auf Ms. O'Dell gelenkt wurde, löste sich Foxy aus seinem Griff. Joe nahm an, dass er sie gehen lassen sollte. Sie würden Zeit haben, sich zu umarmen, wenn sie allein waren. Außerdem war er unhöflich ihrer Freundin gegenüber.

Joe ergriff die Hand, die Foxys Freundin ihm reichte. „Bitte, nennen Sie mich Joe. Jeder Freund von Foxy ist auch ein Freund von mir."

„Ich hatte gehofft, du und Charlotte würdet gute Freunde werden", sagte Rich von hinten.

Joe hatte völlig vergessen, dass der Typ überhaupt da war. In dem Moment, als er Foxy gesehen hatte, hatte er kaum noch jemand anderen bemerkt. Erst jetzt fiel ihm auf, dass sich noch eine dritte Frau im Raum befand. Sie saß hinter einem Schreibtisch und beobachtete die kleine Gruppe mit gespannter Aufmerksamkeit.

„Joe", sagte Rich langsam, als ob dieser schwer von Begriff wäre, „das ist Charlotte O'Dell. Die, von der ich dir erzählt habe."

Was meinte er damit? Von wem hatte er ihm erzählt? Für ihn gab es jetzt nur noch Foxy.

Falls das überhaupt möglich war, erhellte sich Foxys Gesicht noch mehr, als sie von Joe zu Charlotte blickte. „Ist Joe Ihre Verabredung zum Mittagessen?", fragte Foxy ihre Freundin. „Ich wusste es. Habe ich Ihnen nicht gesagt, dass Sie einander kennenlernen würdet? Und jetzt tun Sie es."

Joe hatte Charlotte kaum eines Blickes gewürdigt, aber jetzt schaute er sie genauer an. Dabei fiel ihm der ganze Grund seines Besuchs in der Stadt wieder ein. Er war hier, um sich mit Charlotte O'Dell zu treffen, einer Frau, die laut Rich die perfekte Gattin für ihn wäre. Perfekt, um den sehr konservativen Ausschuss der Kommissare zu überzeugen, der für die Ernennung des nächsten Staatsanwalts zuständig war.

„Ich habe ein gutes Gefühl dabei." Foxy ergriff

Joes Hand. Dann streckte sie die andere aus und nahm Charlottes. Sie drückte sie an ihre Brust, als ob sie die beiden segnen würde.

Joes Gehirn versuchte immer noch, den Überblick zu behalten. Foxy war nicht diejenige gewesen, die Rich ihm hatte vorstellen wollen, sondern Charlotte. Nicht nur Rich war der Meinung, dass Joe und Charlotte perfekt zueinander passten, sondern offenbar auch Foxy.

„Lasst euch von mir nicht stören." Foxy senkte Joes und Charlottes Hände und ließ sie los. Dann trat sie zurück und zwinkerte Joe zu. „Du kannst mir alles über dein Date erzählen, wenn du heute Abend nach Hause kommst."

Und damit ging Foxy rückwärts zum Ausgang. Sie schaute nicht, wohin sie ging. Sie achtete nicht auf ihre Schritte. Wie durch ein Wunder stolperte sie nicht und fiel auch nicht hin.

Wenigstens hatte Joe diesmal kein Chaos hinterlassen, das er aufräumen musste. Stattdessen musste er die Hand einer anderen Frau halten, während diejenige, für die sein Herz schlug, ihn keines Blickes mehr würdigte.

KAPITEL SECHS

apitel Sechs

Schwungvoll verließ Foxy Charlotte O'Dells Kanzlei für Familienrecht. Die Sonne stand nicht höher am Himmel, aber der Tag fühlte sich heller an. Das lag daran, dass Foxy es liebte, wenn sie miterleben konnte, wie eines ihrer Gefühle in hellem Licht erstrahlte. Und Joe Matthews war schon immer ein helles Licht gewesen.

Als sie Kinder gewesen waren, hatte er das Thema Seelenverwandtschaft belächelt und ange-zweifelt. Er hatte verlangt, dass Foxy ihre Theorie von der einzig wahren Liebe mit Fakten und Zahlen belegte. Sie hatte ihm nur ihre Gefühle zu diesem Thema darlegen können.

Die chemische Reaktion, die sie in ihrem Körper hatte erleben können, hatte Joe als Erklärung nicht ausgereicht. Dennoch war er ihr Schatten geblieben, solange sie Kinder gewesen waren. Immer hinter ihr oder an ihrer Seite, wenn ihr Bauchgefühl sie in Schwierigkeiten gebracht hatte. Und jetzt, heute, war Joe seiner Seelengefährtin begegnet. Er würde endlich wissen, was sie gemeint hatte, als sie ihm von diesen Gefühlen von Licht, Wärme und Glück erzählt hatte.

Ein Schatten tauchte in Foxys Gefühlswelt auf. Sie erkannte ihn als das, was er war: Eifersucht. Jahrelang hatte Foxy als Zuschauerin von innen nach außen geschaut, als sie das Gefühl gehabt hatte, dass zwei Menschen füreinander bestimmt waren. Sie hatte gesehen, wie sie sich kennengelernt, wie sie erkannt hatten, dass sie etwas Großes vor sich hatten. Sie hatte zugesehen, wie sie sich verliebt und ihr Happy End erlebt hatten. Oder manchmal auch nur ihr vorläufiges Glück.

Die ganze Zeit über hatte sie auf ihren Traummann gewartet. Wo war er? Er war ziemlich spät dran, keine Frage.

Mehr als alles andere auf der Welt wünschte sich

Foxy einen Mann, an den sie sich anlehnen konnte, wenn das Leben schwer wurde. Sie wollte Arme, die sich um sie legen und sie warm halten. Sie wollte einen starken Herzschlag, der gegen ihre Wange pochte, während ihr Mann sie festhielt. Sie wollte die Sicherheit, die sich einstellte, wenn man wusste, dass man den Einen gefunden hatte. Denjenigen, der mit einem durch dick und dünn ging und einen nie im Stich ließ.

Joe hatte diese Rolle einst übernommen, als sie noch Kinder gewesen waren. Obwohl er die meisten ihrer Pläne und Aktionen für verrückt gehalten hatte, hatte er immer auf sie aufgepasst und war da gewesen, wenn etwas nicht so gelaufen war wie geplant. Und wenn sie sich richtig erinnerte, hatte Joe Matthews selbst als dürres Kind die besten Umarmungen gegeben.

Vielleicht könnte Foxy noch ein paar Umarmungen von Joe bekommen, während sie ungeduldig darauf wartete, dass ihr Seelenverwandter auftauchte? Das würde allerdings von Charlotte abhängen. Die Familienrechtsanwältin schien nicht der eifersüchtige Typ zu sein. Allerdings hatte Charlotte eine Augenbraue hochgezogen, als Joe Foxy ein wenig zu lange gehalten hatte.

Charlotte brauchte sich keine Sorgen zu machen.

Sie und Joe waren Jugendfreunde. Zwischen ihnen gab es nichts außer schönen Erinnerungen und ein paar herzzerreißenden Momenten, die typisch für Pflegefamilien waren.

Während ihre älteren Geschwister Charlie und Savy eine epische Liebesaffäre hatten, hatten Joe und Foxy nie auch nur Händchen gehalten oder sich keusch geküsst. Warum auch? Sie waren nur Freunde.

Charlotte O'Dell war eine glückliche Frau. Das Universum hatte sie mit einem tollen Mann zusammengebracht. Foxy hoffte nur, dass die Mächte der Ewigkeit ihr endlich *ihren* Seelenverwandten vor die Tür setzen würden.

Als sie den Schlüssel des Pflegewagens umdrehte, hustete und stotterte die alte Kiste. Mit einer zweiten Drehung des Schlüssels sprang der Motor an. Sie und ihre Schwester sollten das Fahrzeug eigentlich zur Überholung bringen. Durch den Umzug von der Pflegestelle auf die Ranch hatten sie keine Zeit dafür gehabt. Foxy hatte nicht geahnt, dass der Wagen kaputt gehen würde, also hatte sie beschlossen, das auf einen anderen Tag zu verschieben.

Das Auto brachte sie sicher zur Flying Cross Ranch zurück. Als sie es parkte, gab es ein zufriedenes Schütteln von sich, als wüsste es, dass es den Rest des Tages stillstehen würde. Der Wagen war das Einzige auf der Ranch, das in nächster Zeit stillstehen würde. Die Arbeiten auf dem Land waren in vollem Gange.

Savy, Miguel und LaTisha waren im Garten. Aus dieser Entfernung konnte Foxy nicht erkennen, ob sie Unkraut jäteten, säten oder einen Salat zubereiteten. Was auch immer sie taten, es bedurfte sicherlich eines Eingreifens.

Foxy machte auf dem Absatz kehrt, denn sie hatte das Gefühl, dass sie sich nicht auf diesen Kampf einlassen wollte. Stattdessen ging sie zum Pferdestall. Drinnen hörte sie, wie ihr zukünftiger Schwager Befehle bellte, wie es bei den Matthews-Jungs üblich war.

Schon bevor sie zum Militär gegangen waren, hatten sie Kommandos gegeben, von denen sie erwartet hatten, dass andere sie sofort befolgten. Als Foxy einen Blick in die Scheune warf, sah sie, dass der Empfänger dieser Befehle das störrischste Pflegekind der Gruppe war. Denny verhielt sich wie immer kämpferisch wie eh und je.

„Sie hören nicht auf mich", klagte Denny.

„Man muss ihnen zeigen, wer der Boss ist", erwiderte Charlie.

„Ich dachte, Sie wären der Boss."

Foxy konnte sich ein Kichern nicht verkneifen, als sie die beiden gegeneinander antreten sah. Denny war genauso schlaksig wie Joe, als sie Kinder gewesen waren. Aber im Gegensatz zu Joe, der immer einen nachdenklichen Gesichtsausdruck gehabt hatte, als ob er im Kopf rechnete, blickte Denny stets finster drein.

Wie immer war Charlie Matthews ruhig und souverän. Foxy bezweifelte, dass es ihm überhaupt in den Sinn kam, dass sich jemand einem seiner direkten Befehle widersetzen könnte. „Du musst dafür sorgen, dass das Pferd dich sieht."

„Es kann mich sehen", entgegnete Denny. „Es hebt seinen Fuß aber immer noch nicht."

„Fahre mit der Hand über sein Bein! Dann drückst du die Sehne."

„Die was?"

„Die Stelle oberhalb des Knöchels – ja, genau. Jetzt wird es seinen Fuß anheben."

In Dennys Augen lag ein Funke von Triumph, als das Pferd tat, was er befohlen hatte. Als der Junge aufblickte, sah er das gleiche Funkeln in Charlies Augen. Natürlich war Denny zu mürrisch und wischte den triumphierenden Ausdruck aus seinem Gesicht und ersetzte ihn durch einen finsteren.

Und da Charlie sicher war, dass seine Befehle immer befolgt wurden, nickte der ehemalige Pilot dem Jungen und dem Pferd selbstzufrieden zu. „Jetzt kannst du das Hufeisen mit dem Werkzeug entfernen. Hey, Foxy! Wie ist es mit deinem alten Chef gelaufen?"

„Er sagte Nein."

Charlie rümpfte die Nase und schenkte Foxy ein knurriges Lächeln.

„Aber jemand anderes hat ja gesagt", fuhr Foxy fort, trat an eine der Boxen heran und streichelte den Kopf des Pferdes, das seine Nase über das Tor streckte.

„Oh?" Charlies Augen weiteten sich, und das halbe Lächeln wurde zu einem überraschten O.

„Was denn? Dachtest du, ich würde sie nicht bekommen?"

Charlie zuckte mit den Schultern, und sein gutmütiges Lächeln kehrte zurück. „Nun, du hinterlässt überall, wo du hingehst, einen großen Eindruck."

Foxy beschloss, den Hieb zu ignorieren. Sie und Charlie hatten sich wie Bruder und Schwester geneckt, seit sie Kinder in Pflegefamilien gewesen waren. Tatsächlich hatten alle Matthews-Jungs sie auf diese Weise behandelt – bis auf einen. Joe hatte sie nie geneckt. Er war immer zur Stelle gewesen und hatte dafür gesorgt, dass sie nicht zu sehr in Schwierigkeiten geriet. Oder er hatte sie getröstet, wenn er nicht rechtzeitig bei ihr gewesen war.

„Du wirst nie erraten, wen ich getroffen habe, als ich um die Empfehlung bat."

„Sag es mir einfach", entgegnete Charlie, während er sich wieder Denny und dem Pferd zuwandte. „Du weißt, dass ich es hasse zu raten. Ich bin kein Hellseher."

Foxy knirschte bei diesem Wort mit den Zähnen, denn sie wusste, dass Charlie es nur gesagt hatte, um sie zu provozieren. „Ich habe Joe gesehen."

„Joe hat sich mit dir getroffen?"

„Nein. Warum sollte er sich mit mir treffen? Er hatte ein Date."

„Joe hatte ein Date? Mit einer anderen Frau?"

„Einer anderen Frau? Geht er mit mehr als einer aus? Er ist doch gerade erst wieder in der Stadt."

Charlie starrte sie stumm an.

Foxy hatte das Gefühl, dass sie etwas verpasste. Was auch immer es war, das ihr durch den Kopf ging, das Bauchgefühl, das sie bekommen hatte, als Joe Charlottes Büro betreten hatte, war viel besserer Klatsch. „Die Frau, mit der Joe sich nun trifft ... Ich glaube, sie könnte die Richtige sein."

„Wirklich? Sagen dir das deine hellseherischen Fähigkeiten?" Charlie klang sarkastisch, aber alles, was Foxy hörte, war dieses eine Wort. Und diesmal würde sie es nicht ignorieren.

„Ich bin keine Hellseherin!", presste sie mit zusammengebissenen Zähnen hervor.

„Ja, das kann man wohl sagen."

„Ich bin hellfühlend. Das heißt, ich habe Gefühle, die …"

„Mr. Charlie, ich bin fertig. Kann ich jetzt gehen?"

„Denny, du weißt doch, dass man Erwachsene nicht unterbrechen darf, wenn sie reden", sagte Charlie.

Denny rieb sich die Schläfe. Der Junge sah ein wenig grün aus. Foxy packte Dennys Hand, um ihn aus dem Stall zu zerren. In dem Moment, als ihre Finger seine berührten, verspürte sie einen stechenden Schmerz im Bauch.

„Denny? Was ist mit dir? Geht es dir nicht gut?"

Denny schürzte die Lippen. Er sah von Foxy zu Charlie und dann zu Boden. „Es ist nichts."

„Es ist nicht nichts", widersprach Foxy und drückte seine Hand fester. Wenn es nichts wäre, würde ihr Bauch nicht rumoren. Wenn es etwas Gutes wäre, wäre da ein warmes Kribbeln. Stattdessen knurrte und grummelte ihr Magen, als würde ihr schlecht werden.

„Ich bin nicht krank", sagte Denny schließlich." Aber ich … Sie werden denken, ich sei verrückt."

„Alle halten mich für verrückt, weil ich Gefühle habe, die ich nicht immer erklären kann."

„Ich habe ein Gefühl, ein ganz schlechtes Gefühl."

Foxy wartete geduldig, bis Denny zu Ende gesprochen hatte. Je mehr Sekunden verstrichen, desto klarer wurde ihr, dass sie bereits wusste, was er sagen wollte.

„Es geht um Daria. Ich habe das Gefühl, dass sie in Schwierigkeiten steckt."

Kapitel Sieben

„Sie haben Ihren Abschluss in Jura an der University of Montana Western gemacht? Ich war auf der Montana State Northern. Was für ein Zufall!"

Joe blinzelte, aber das brachte die Frau, die ihm gegenübersaß, nicht in sein Blickfeld. Vor seinem geistigen Auge spielte er das Wiedersehen mit Foxy wieder und wieder ab. Seine Arme hatten gekribbelt, als er sie um sie geschlungen hatte. Seine Finger hatten an den Stellen geschmerzt, an denen sie ihre weiche, warme Haut berührt hatten. Er wollte das Hühnchengericht beiseiteschieben, dessen Aroma seine Erinnerung an Foxys süßen und fruchtigen Duft trübte.

„Mein Ziel war es immer, mit dreißig Jahren Partner zu werden. In meiner alten Firma habe ich das ein paar Jahre früher erreicht. Dann verließ ich sie und eröffnete meine eigene Kanzlei."

Joe blinzelte erneut, was Charlotte O'Dell schließlich doch in sein Blickfeld brachte. Es war der Ehrgeiz dieser Frau, der seine Aufmerksamkeit endlich von Foxy und hin zu seiner Verabredung zum Mittagessen lenkte. Joe hatte einen ähnlichen Ehrgeiz wie Charlotte gehabt, als er mit dem Jurastudium begonnen hatte. Doch anstatt Partner in einer Anwaltskanzlei zu werden, hatte er als Militärstaatsanwalt den höchsten Rang erreicht, den ein Anwalt beim Militär erreichen konnte. Jetzt hatte er das Ziel, Staatsanwalt zu werden. Vielleicht eines Tages Generalstaatsanwalt.

„Ich hatte gedacht, dass ich eines Tages Allgemeinmedizinerin werden würde", sagte Charlotte. „Aber ich mag meine Arbeit zu sehr."

„Sie praktizieren Familienrecht?", fragte Joe, der sich damit endlich in das Gespräch einbrachte. Wenn Charlotte sein langes Schweigen bemerkt haben sollte, so sagte sie nichts.

„Ja", erwiderte sie, nachdem sie einen Schluck

von ihrem Sprudelwasser getrunken hatte. „Meine Familie ist wunderbar. Meine Mutter ist zu Hause geblieben und hat die traditionelle Rolle der Ehefrau übernommen. Mein Vater war der Ernährer, aber er war jeden Abend zum Abendessen zu Hause und bei allen Spielen und anderen schulischen Veranstaltungen dabei. Ich weiß noch, wie ich mich eines Tages in der Schulkantine umsah und feststellte, dass nicht jedes Kind das hatte, was ich hatte, und das war wirklich schade."

Wenn es etwas gab, das Joe nicht ausstehen konnte, dann waren es Wohltäter, die Mitleid hatten oder Almosen verteilten. Ein solcher war Charlotte allerdings nicht. Er konnte es in ihren kristallklaren blauen Augen sehen. Charlottes Hand war nicht geöffnet. Sie war zu einer Faust geballt. Als wollte sie die Ungerechtigkeit, die sie in den Familiengerichten erlebt hatte, niederschlagen.

„Ich hätte nie gedacht, dass jemand ein Kind ausnutzen würde", sagte Charlotte. „Nicht die Eltern. Oder noch schlimmer, die eigene Regierung. Jemand muss sich für sie einsetzen."

Ein Sonnenstrahl drang hinter den Vorhängen zum Fenster herein. Er bahnte sich seinen Weg über den Boden und den Tisch hinauf. Dieser einzelne Strahl landete seitlich auf Charlottes Handgelenk.

Als sie ihre Hand bewegte, um ein Stück Erdbeere von ihrem Obstsalat zu nehmen, verschoben sich die Wolken, und das Licht war verschwunden.

„Ich bin eine praktisch veranlagte Frau, Captain Matthews."

„Joe. Ich habe Ihnen doch gesagt, Sie sollen mich Joe nennen." Joe schaute in den Himmel. Die Sonne war dort immer noch zu sehen, wenngleich in einem gedämpften Gelbton. Wenn er noch eine Weile wartete, würde sie ihr Licht wieder ins Innere des Restaurants scheinen.

„Weil ich eine Freundin von Foxy James bin?"

Joe lenkte den Blick vom Fenster auf die Frau. Charlottes blaue Augen durchbohrten ihn wie die einer Staatsanwältin, die ein bevorstehendes Geständnis erahnt.

„Sie ist eine beeindruckende Persönlichkeit", fuhr Charlotte in Joes Schweigen hinein fort.

„Das ist sie", stimmte Joe zu und schnitt ein Stück von seinem Hühnchengericht ab.

„Also, Sie beide …"

„Wir beide?" Joe spießte das Fleischstück auf seine Gabel. „Nein. Wir sind … nicht …"

„Als sie Ihnen in meinem Büro in die Arme lief und Sie sie so lange festhielten, dachte ich …"

Joe wartete einen Moment, bevor er etwas erwiderte. Als Charlotte zurückhielt, was sie über ihn und Foxy dachte, beendete er den Satz.

„Wir sind Jugendfreunde. Ich habe sie seit Jahren nicht mehr gesehen."

„Seit etwa neun Jahren? Dreitausendfünfhundertsiebenundsechzig Tagen, um genau zu sein."

„Ich habe eine Vorliebe für Zahlen."

Charlotte grinste, aber hinter diesem Lächeln steckte ein Vorwurf. Ihre Mauern waren hochgezogen. Joe wusste, dass er sie mit den richtigen Worten zum Einsturz würde bringen können.

„Zwischen mir und Foxy läuft nichts."

Es schmerzte ihn, das zu sagen. Aber es war die Wahrheit. Es war nur eine alte Kindheitsverliebtheit. Foxy dachte nicht einmal auf diese Weise über ihn. Damals nicht, und auch jetzt nicht. Er musste darüber hinwegkommen.

Vor ihm saß eine Frau, die perfekt für ihn war. Und trotz seines schlechten Verhaltens bei diesem Date zeigte sie immer noch Interesse an ihm.

„Ich bin froh zu hören, dass zwischen Ihnen und ihr nichts läuft." Charlotte nahm eine weitere Erdbeere von ihrem Salat und spießte stattdessen eine Mandarine auf. „Sie scheint nicht Ihr Typ zu sein."

„Mein Typ?"

„Sie scheinen die Art von Mann zu sein, der eine ernsthafte Frau an seiner Seite braucht."

„Eine seriöse Frau wie Sie?"

„Warum nicht? Foxy schien so zu denken. Ich glaube, sie wollte uns schon zusammenbringen, bevor Sie zur Tür hereinkamen."

Es sollte nicht wehtun. Aber das tat es.

„Sie hält sich für eine Hellseherin."

„Das ist sie nicht. Sie ist hellfühlig." Joe setzte sein Messer und seine Gabel ab. „Sie hat Gefühle. Aber diese sind nicht immer eindeutig und auch nicht immer zutreffend. Manchmal versteht sie die Dinge falsch."

„Glauben Sie, sie könnte recht haben mit uns?"

Charlotte setzte ihre Gabel und ihr Messer ebenfalls ab. Das ganze Obst in der Schüssel war weg, außer den Erdbeeren. Sie entsprach dem Bild der perfekten politischen Ehefrau.

„Ich glaube, wir beide könnten eine großartige Partnerschaft eingehen, Joe. Wir wären eine Bereicherung für die Karrieren des jeweils anderen."

Da war er, ein klarer, logischer Plan. Etwas Quantitatives, das er messen konnte. Es spielte keine Rolle, dass sie sein Herz nicht zum Höherschlagen brachte, wenn er sie ansah. Diese Frau würde nicht nur gut für seine Karriere sein, sondern auch für seine Gesundheit.

Joe bezahlte das Essen nach einem kurzen Tauziehen mit Charlotte um die Rechnung. Sie mochte zwar eine erfolgreiche Karrierefrau sein, was Joe durchaus attraktiv fand, aber sie stammte auch aus einem traditionellen Haushalt, was Joe bei einer Frau ebenfalls als Pluspunkt erachtete. Dann standen sie vor dem Restaurant und starrten einander unbeholfen an.

Joe beugte sich vor. Doch gerade in diesem Moment streckte Charlotte ihre Hand mit der Handfläche nach oben aus. Schnell zog sie sie zurück und neigte den Kopf nach oben. Leider streckte Joe gerade in diesem Moment seine Hand ebenfalls aus und verfehlte nur knapp ihre Brust.

Beide lachten. Es brach aber eher als unbeholfenes Keuchen denn als richtiges Lachen aus ihnen heraus. Dann herrschte Stille. Schließlich beugte sich Joe hinunter und drückte Charlotte einen Kuss auf die Wange.

„Sie rufen mich an?", fragte sie.

„Ich rufe Sie an", bestätigte er.

Joe sprang ins Auto und fuhr nach Hause. Dieser Kuss hatte die Sache für ihn besiegelt. Er hatte mit seiner Vergangenheit abgeschlossen und seine Zukunft am Schopf gepackt.

Charlotte war die richtige Wahl. Die logische Wahl. Und auch die einzige Wahl, denn Foxy empfand nicht das für ihn, was er für sie empfand.

Nachdem er sich für seine Zukunft entschieden hatte, bog Joe nach links ab, um zu Richs Haus in der Stadt zu fahren. Es wäre besser, wenn er dort übernachtete, als auf der Ranch, wo er der Versuchung zu nahe kommen würde. Also machte Joe eine Kehrtwende und fuhr der Sonne entgegen, die ihn von seiner Ranch wegführen würde.

Er musste ein paarmal blinzeln, als er den regenbogenfarbenen Lieferwagen am Straßenrand sah. Nach dem dritten Blinzeln erkannte er ihn. Es war der Wagen des Bright Horizons Kinderheims. Als er als Kind in diesem Van mitgefahren war, war er hellgelb gewesen. Dann hatten die James-Schwestern die alte Kiste in hellen Farben angestrichen, um dem Namen des Heims gerecht zu werden.

Unter der Motorhaube des Wagens sah er eine wohlgeformte Gestalt. Joe merkte gar nicht, dass er die Bremse betätigte. Er merkte auch nicht, dass er aus dem Auto sprang, um zu ihr zu gelangen.

„Allen Heiligen sei Dank, dass du mich gesehen

hast!", rief Foxy, als er auf sie zukam. „Es hat einfach aufgehört zu funktionieren."

„Habt ihr ihn zur regelmäßigen Wartung gebracht?"

„Das wollte ich, aber mein Bauchgefühl sagte mir, dass es auch so gehen würde. Und das tut es auch, denn jetzt bist du ja hier."

Joe öffnete den Mund, um gegen die Warnungen der Kontrollleuchten und gegen das Bauchgefühl zu protestieren. Er wusste, dass das bei dieser Frau ein strittiger Punkt sein würde. Die Worte kamen trotzdem heraus.

„Ihr müsst es regelmäßig warten lassen, wenn ihr wollt, dass euer Auto zuverlässig bleibt."

„Es ist etwas Wichtiges dazwischengekommen", entgegnete Foxy.

„Wichtiger als deine Sicherheit? Oder die Sicherheit eines der Kinder? Was, wenn eines mit dir im Wagen gesessen hätte?"

„Genau darum geht es hier, um eines der Pflegekinder. Mein Bauchgefühl sagt mir, dass es in Schwierigkeiten steckt."

Joe schürzte die Lippen. So viele seiner vergangenen Missgeschicke hatten damit begonnen, dass diese Frau die Worte *mein Bauchgefühl sagt mir* ausgesprochen hatte.

„Ich will nur nach ihr sehen", sagte sie. „Sie ist im staatlichen Kinderheim."

„Das ist eine Stunde Fahrt."

„Nimmst du mich mit?"

„Du solltest deine Schwester anrufen, damit sie dich abholt."

„Dafür ist keine Zeit. Die Besuchszeit ist bald vorbei und … Joe, ich habe ein schlechtes Gefühl."

Er sollte Nein sagen. Er sollte Savy oder seinen Bruder anrufen, damit sie kämen und sich um die Sache kümmerten. Er sollte Foxy nach Hause bringen. Diese Situation ließe sich leicht mit einem Telefonat oder am nächsten Tag regeln.

Aber anstatt etwas davon zu tun, sagte Joe: „Okay, spring rein!"

KAPITEL ACHT

apitel Acht

Foxy schaute aus dem Beifahrerfenster, während die Sonne immer tiefer sank. Die Skyline der Stadt wich offenen Feldern, und die Landschaft rauschte an ihr vorbei. Sie leuchtete im Licht der untergehenden Sonne. Aber im Inneren des Wagens fühlte es sich an, als zögen Gewitterwolken heran.

Joe saß auf dem Fahrersitz, still und angespannt. Wenn es jemand anders wäre, würde ihr das Angst einjagen. Aber es handelte sich hier um Joe. Und das war einfach seine normale Haltung.

Er war immer ein ruhiges Kind gewesen. Nachdenklich. Hatte nur dann gesprochen, wenn er aufgefordert worden war, eine Antwort zu geben. Oder er hatte sich zu Wort gemeldet, wenn eine Ungerechtigkeit vonstatten gegangen war. Joe hatte nie den Mund gehalten, wenn jemand etwas Unrechtes getan hatte. Seien es seine Brüder oder die James-Schwestern gewesen. Er war das Gewissen der Gruppe gewesen. Selbst wenn er nur schweigend dagestanden war, hatte sich jeder unter Joes wachsamem Blick seine Taten zweimal überlegt.

Sein Blick war jetzt auf die Straße gerichtet, seine kräftigen Kiefer waren angespannt, als wollte er etwas sagen. Warum wollte er nicht mit ihr reden? Sie waren immer noch Freunde, auch nach all den Jahren.

„Schlechtes Date?", fragte Foxy, als sie das Schweigen nicht mehr ertragen konnte.

„Wie bitte, was?" Joe blinzelte, aber er wandte den Blick nicht von der Straße ab.

„Mit Charlotte? Hattest du ein schlechtes Date?"

Er öffnete den Mund und schloss ihn wieder. Foxy konnte nicht einschätzen, was er sagen wollte. Sie brauchte ihr Bauchgefühl nicht, um zu wissen, was vorhin passiert war. Ihre weibliche Intuition sagte ihr, dass das Date nicht so gut gelaufen war.

„Mach dir keine Sorgen", beruhigte Foxy ihn. „Es klappt nicht immer beim ersten Mal."

„Was klappt nicht immer beim ersten Mal?"

„Wahre Liebe", erwiderte sie. „Es passiert nicht immer auf den ersten Blick."

Joes Blick wandte sich von der leeren Straße ihr zu. Er öffnete erneut den Mund und machte große Augen, als er sie eindringlich betrachtete.

Auf seinem hübschen Gesicht war Überraschung zu sehen. Kaum hatte Foxy die Emotion innerlich benannt, änderte sich sein Ausdruck. Joe kniff die Lippen zusammen und umklammerte das Lenkrad. So wie er sie jetzt ansah, hatte Foxy das Gefühl, dass sie gerade ein großes Unrecht begangen hatte. Aber gegen wen?

„Liebe braucht ihre Zeit, um zu wachsen", versicherte sie ihm. „Glaub mir. Ich warte schon seit Jahren darauf, dass meine wahre Liebe auftaucht. Er ist ziemlich spät dran. Aber ich versuche, geduldig zu bleiben."

„Genau!", spottete Joe. „Deine wahre Liebe. Dein geheimnisvoller Held."

Foxy nickte, erfreut darüber, dass er sich an die Vision erinnerte, von der sie ihm erzählt hatte, als sie jünger gewesen waren. „Er wird in der Zeit meiner größten Not auftauchen."

Joe verdrehte die Augen und wandte sich wieder der Straße zu. Der verkniffene Ausdruck auf seinem Gesicht blieb jedoch. Er schüttelte den Kopf und murmelte etwas vor sich hin. Es hörte sich an, als hätte er *unglaublich* gesagt.

„Was?" Foxy legte den Kopf schief und drehte sich zu ihm, um ihn anzusehen. „Ich dachte, du glaubst an meine Gabe?"

„Ich habe nie an außersinnliche Wahrnehmung geglaubt", entgegnete er. Wenigstens hatte er sie nicht beleidigt, indem er sie als Hellseherin bezeichnete. „Wir haben fünf Sinne, die die Realität wahrnehmen. Der vorherrschende ist das Sehen, und zwar das, was man direkt vor sich hat."

„Licht ist Energie. Energie, die deine Augen als Farben und Tiefe interpretieren, um ein Bild zu formen. Auch Gefühle sind Energie, elektrochemische Energie, die der Verstand interpretiert."

Woher kannte Foxy diese wissenschaftliche Definition ihrer Fähigkeiten? Weil Joe sie ihr in einem Lehrbuch in der Bibliothek nachgeschlagen und erklärt hatte, nachdem sich einige Kinder über sie lustig gemacht hatten. Als sie damals versucht hatte, das den jugendlichen Quälgeistern zu erklären, hatten sie sie natürlich nur noch mehr verhöhnt.

„Ich glaube mich zu erinnern", sagte Joe, „dass jedes Mal, wenn du eines deiner Gefühle hattest, ich derjenige war, der mit der Realität konfrontiert wurde."

„Wovon redest du?", fragte Foxy.

„Wie damals in der Grundschule, als du das Gefühl hattest, dass du die grauen Wolken vertreiben würdest, wenn du auf das Klettergerüst steigst und singst."

„Das habe ich auch. Allerdings nicht so, wie ich es mir vorgestellt hatte. Mrs. Reed war traurig, und als ich sang, war sie glücklich."

„Bevor du das Lied zu Ende gesungen hast, hast du das Gleichgewicht verloren und bist gestürzt."

„Und du hast mich aufgefangen."

„Das ist mein Punkt. Du hattest ein Gefühl, und ich habe mich der Realität gestellt. Wie damals, als du das Gefühl hattest, dass ein Geist im Schrank des Kinderheims war."

Foxy zuckte bei dieser Erinnerung zusammen. Es hatte dort keinen Geist gegeben. Will Matthews hatte eine Chucky-Puppe hineingetan, nachdem sie sich an einem Halloween-Abend ins Kino geschlichen hatten, um diesen Horrorfilm anzusehen.

„Als ich dir die Tür öffnete und Chucky von dem Haufen herunterfiel, bist du panisch davongerannt und hast mich versehentlich niedergeschlagen – und ich musste genäht werden.“

„Ja, aber es war eine wirklich gute Narbe. Will und Charlie waren neidisch auf dich.“

Foxy konnte die Narbe über Joes Schläfe ausmachen. Sie streckte eine Hand nach oben, um sie zu berühren. Als ihre Finger Joes Schläfe berührten, spannte sich sein Körper an. Ein Gefühl durchflutete sie, als sie seine warme Haut berührte. Weitere Erinnerungen an die Zeit, als sie noch Kinder gewesen waren, kamen ihr in den Sinn.

„Du warst immer für mich da. Egal, wie abwegig meine Visionen waren.“

Joe erwiderte nichts darauf. Er hielt den Atem an und starrte weiter auf die Straße.

Foxy erinnerte sich daran, dass Joe es als Kind nicht gemocht hatte, berührt zu werden. Das war bei Kindern, die von ihren leiblichen Eltern verlassen worden waren, ganz normal. Soweit sie wusste, war sie die einzige Person, der Joe diese Art von Kontakt erlaubte. Also nahm sie sich Freiheiten heraus.

Foxy strich mit dem Daumen über die Narbe. Ihre Handfläche kribbelte dort, wo sie auf die scharfe Kante von Joes Wangenknochen traf. Seine Kiefer spannten sich an und entspannten sich dann wieder in ihrer Hand. Genau wie in ihrer Kindheit empfand Foxy ein tiefes Gefühl der Dankbarkeit, dass sie ihm Trost spenden konnte.

„Ich bin froh, dass du zu Hause bist. Du wirst ein großartiger Staatsanwalt sein."

Er schloss die Augen. Nur kurz. In diesem kurzen Moment spürte Foxy, wie ihm die Last der Welt von den Schultern fiel.

Joe war ein Kämpfer für die Gerechtigkeit. Das war eines der Dinge, die sie an ihrem Freund liebte. Er würde jemanden brauchen, der ihm diese Last abnahm.

„Charlotte ist die perfekte politische Freundin", sagte Foxy.

Sie vermutete, dass die Anwältin Joes Probleme und Nöte viel besser verstehen würde, als Foxy es je könnte. Aber Foxy würde trotzdem für ihren Freund da sein, um ihm zu helfen, nicht alles so ernst zu nehmen.

Joe löste sich aus ihrer Berührung. „Wie kommst du dazu, das über Charlotte zu sagen?"

„Ihr seid beide Anwälte, Kämpfer für die Gerechtigkeit. Ihr werdet benachteiligte Menschen verteidigen. Wahrscheinlich werdet ihr sogar zusammen die Welt verändern."

Foxy faltete die Hand in ihrem Schoß. Sie kribbelte immer noch dank der Erinnerung an Joes

Wärme. Sie ballte sie zu Fäusten und versuchte, etwas von dieser Wärme festzuhalten.

„Keine Sorge", sagte sie. „Ich bleibe im Schatten, damit niemand deine übersinnliche Freundin sieht."

„Du bist nicht für den Schatten bestimmt, Fox. Dafür bist du zu klug."

Joes Augen funkelten, als er sich ihr wieder zuwandte. Sein Blick wanderte über ihre Züge. Die Glut in seinen haselnussbraunen Augen war so leuchtend hell, dass sie Foxy an Wunderkerzen erinnerte.

Ein Streichholz schlug in ihrem Bauch ein. So laut, dass sie meinte, es hören zu können. Die Flamme in ihrem Inneren fing schnell an zu brennen, so heiß, dass sie sich ihren Weg nach oben in ihre Brust brannte und ihr Herz ansengte. „Du solltest mich nicht so ansehen, Liebes."

„Warum nicht?"

War Joes Stimme schon immer so tief gewesen? Sie klang wie die eines Bären, der mitten im Winter auf der Suche nach seiner nächsten Mahlzeit erwacht war.

„Warum nicht?", wiederholte er, seinen intensiven Blick immer noch auf sie gerichtet.

Foxys verwirrtes Gehirn brauchte eine weitere Sekunde, um die Antwort auf Joes Frage herauszufinden. Aus den Augenwinkeln sah sie, was ihr Bauchgefühl zu bedeuten hatte.

„Joe, da ist ein Reh!"

Alles geschah innerhalb des Bruchteils einer Sekunde, aber für Foxy schien die Zeit langsam zu vergehen. Sie sah, wie das Feuer in Joes Augen erlosch und durch Angst ersetzt wurde. Sie sah, wie sich seine Fingerspitzen erst rot färbten, dann weiß, als das Blut abfloss und er das Lenkrad mit einem Todesgriff umklammerte. Joes rechter Unterarm stieß gegen Foxys Brust und hielt sie zurück, als er auf die Bremse trat und sie beide nach vorne gegen das Armaturenbrett des Wagens krachten.

Kapitel Neun

Ein Licht blitzte vor Joes Augen auf. Das Licht war hell, aber es blendete ihn nicht. Er sah alles klar und deutlich. In dem Moment, als Joe Matthews dachte, er würde sterben, sah er nur Foxy James.

Foxy singt aus voller Kehle vom Klettergerüst auf dem Spielplatz.

Foxy ergreift seine Hand und fordert ihn auf, sie auf ein Abenteuer zu begleiten.

Foxy lächelt zu ihm auf, als sie ihm vor dem Schulball den Two-Step beibringt.

Foxy ist in Tränen aufgelöst, als sie erfährt, dass ihre Mutter zurückgekehrt ist, um sie und ihre

Schwestern mitzunehmen. Foxy, die temperamentvollste Person, die er je kennengelernt hat, sieht ihn mit einem hilflosen Ausdruck an. Foxy seufzt leise, als er seine Lippen ganz vorsichtig, ganz sanft auf ihre drückt. Foxy, die ihre Augen schließt und den Kopf an seine Schulter lehnt, nachdem sie sich zum ersten Mal geküsst haben.

Sie war in dieser Nacht in seinen Armen eingeschlafen. Am nächsten Morgen war sie verschwunden. Ihre Mutter hatte sie abgeholt, um sie und ihre Schwestern als Backgroundsängerinnen auf die Straße zu bringen. Er hatte sie dann eine Zeit lang nicht mehr gesehen.

Foxys Augen waren nun geschlossen. Eine Hand drückte sie auf ihre Stirn. Ihre schönen Gesichtszüge waren zu einer Grimasse des Schmerzes verzerrt.

Joe löste seinen Sicherheitsgurt, um nach ihr zu greifen. Dabei ignorierte er die Schmerzen in seinem Arm. Irgendwie hatte Joe es überlebt, in den vergangenen Jahren nicht in ihrer Nähe zu sein. Was er nicht ertragen könnte, war, in einer Welt zu sein, in der sie nicht existierte.

„Nicht bewegen!", befahl er. „Du könntest innere Verletzungen haben."

„Mir geht es gut", beharrte Foxy. Aber die Worte

hatte sie mit zusammengebissenen Zähnen ausgesprochen. „Es ist nur eine Beule am Kopf.“

„Es könnte eine Gehirnerschütterung sein.“ Joe nahm ihren Kopf in beide Hände. Dann befahl er: „Öffne die Augen!“

Foxy tat, was er verlangte. Einen Moment lang konnte Joe nur entgeistert dreinblicken. Erstens, weil keine James-Schwester normalerweise tat, was ihr befohlen wurde. Und zweitens, weil sie ihn mit Tränen in den Augen ansah. Ihr Gesichtsausdruck war hilflos, genau wie vor all den Jahren, als er zum ersten Mal den Himmel zu spüren bekommen hatte.

Joe blickte Foxy in die Augen. Foxy starrte zurück. Sie waren sich nahe genug, um den Kuss wiederholen zu können. Joe konnte sogar die Beerensüße ihres Atems schmecken.

Foxy streckte eine Hand nach ihm aus. Ihre Finger streiften zum zweiten Mal am heutigen Tag seine Schläfe. Genau wie vorhin schloss Joe bei ihrer Berührung die Augen und ließ sich in den Traum fallen. Als ihre Fingerspitzen seine Stirn berührten, spürte er etwas Warmes, Nasses und Klebriges.

Joe öffnete die Augen und stellte fest, dass Foxy nicht wie er in einem Traum versunken war. Sie starrte entsetzt auf das Blut an ihren Händen. Sein Blut.

„Du bist verletzt", sagte sie.

Er war verletzt. Verletzt, dass sie sich nicht daran erinnerte, was zwischen ihnen passiert war. Verletzt, dass sie nicht einmal ihren gemeinsamen Kuss anerkennen wollte. Verletzt, dass sie immer noch auf ihre große Liebe wartete, auf den Mann, der im schwierigsten Moment ihres Lebens für sie da sein würde, wenn ihr Leben auf den Kopf gestellt werden würde. Wütend auf sich selbst, dass er sie trotz alledem nicht verlassen konnte.

„Joe, du blutest."

„Mit mir ist alles in Ordnung."

„Du hast deinen Arm ausgestreckt, um mich zu schützen."

„Natürlich habe ich das!"

Sie streckte erneut eine Hand nach ihm aus. Joe wich zurück. Er konnte keine weitere freundschaftliche Berührung von der Frau ertragen, nach der er sich sehnte. Nicht, wenn sie keinerlei Anzeichen von Verlangen nach ihm zeigte.

Stattdessen wandte er sich von Foxy ab und stieg aus dem Auto, um den Schaden zu begutachten.

Eine Sekunde, bevor Foxy ihn gewarnt hatte, war ein Reh auf die Straße gelaufen. Joe war ausgewichen, aber durch die Bewegung waren sie von der Straße abgekommen und in einem Graben gelandet.

Die Hinterräder des Wagens steckten fest. Joe konnte zwar aussteigen, aber das Auto ließ sich nicht mehr bewegen.

„Warte hier!", sagte Joe zu Foxy, während er sein Handy herausholte.

Er hielt das Gerät in Richtung des sich verdunkelnden Himmels. Unter der untergehenden Sonne war kein einziger Balken zu sehen. Hier draußen, mitten im Nirgendwo, gab es keinen Empfang.

Sein Handy ließ ihn im Stich, aber Foxy bereitete sich darauf vor, ihm Gesellschaft zu leisten. Die Beifahrertür ging knarrend auf, als sie versuchte auszusteigen. Joe war um das Auto herumgelaufen, bevor Foxy ganz draußen war.

„Ich habe dir gesagt, du sollst hier warten!", mahnte er. „Du könntest verletzt sein."

„Mir geht's gut. Du bist derjenige, der verletzt ist."

Foxy schwankte, als sie aufstand. Joe zog sie zu sich heran. Sie standen einen Moment lang da, Brust an Brust, einander ansehend. Hitze kroch an seinen Unterarmen entlang und sammelte sich dort, wo er Foxy festhielt. Sie öffnete den Mund und keuchte leise. Ihre Nasenflügel blähten sich, aber ihr Blick verengte sich verwirrt. Sie hatte es immer noch nicht begriffen.

Anstatt sie wegzustoßen, zog Joe sie näher an sich.

„Wenn dir etwas zugestoßen wäre …“ Er konnte den Satz nicht zu Ende führen. Er konnte den Gedanken nicht aussprechen. Zum Glück tat sie es für ihn.

„Wenn mir etwas zugestoßen wäre, hätte meine Schwester dich umgebracht.“

Joe grinste daraufhin. Foxy erwiderte sein Lächeln. Ihre Hände ruhten auf seiner Brust, genau dort, wo sein Herz in einem unregelmäßigen Rhythmus für sie schlug.

Sie standen immer noch ganz dicht beieinander. Fast wie in einer Umarmung. Genau wie damals, als sie ihm in Vorbereitung auf die Schulveranstaltung das Tanzen beigebracht hatte. Seine Hände hatten auf ihren Hüften gelegen. Ihre Hände waren gegen seine Brust gepresst gewesen. Sie hatten nicht geschwankt, aber die Welt um sie herum schien es getan zu haben.

„Déjà-vu“, sagte sie.

„Erinnerst du dich daran, wie du mir das Tanzen beigebracht hast?“

Foxy nickte. „Du warst erbärmlich.“

„Das lag an meiner Lehrerin“, sagte er.

Ein leichter Wind wehte und es begann zu

dämmern. Langsam wiegten sie sich im Takt der Brise.

„Seitdem bin ich besser geworden“, sagte Joe, während sie nach rechts schwankten.

„Das merke ich“, erwiderte Foxy, während sie nach links schwankten.

„Fox …“

Foxy legte ihre Stirn an seine Brust. Joe legte augenblicklich die Arme um sie.

„Mein Kopf ist so vernebelt“, sagte sie. „Meine Emotionen und Gefühle sind völlig durcheinander. Ich kann nicht klar denken.“

Genau so fühlte sich Joe jedes Mal, wenn er an sie dachte. Foxy erzählte anderen immer von ihren Gefühlen. Ein einziges Mal in seinem Leben musste er ihr sagen, was er fühlte.

Sie hatten aufgehört zu schwanken und standen jetzt still. Der Wind flüsterte weiter zwischen ihnen. Die Worte, die Joe sagen wollte, lagen ihm auf der Zunge. Sie waren schon fast aus seinem Mund, als das Geräusch eines lauten Motors und eines Hupens die Stille durchbrach, die er gerade füllen wollte.

„Geht es Ihnen beiden gut?“, rief jemand aus dem Fenster der Fahrerseite.

Joe drehte sich um und sah, wie ein altes Ehepaar

in einem schrottreifen Pickup neben ihnen zum Stehen kam.

„Vor morgen früh werden Sie hier keinen Abschleppwagen bekommen", sagte der alte Mann auf dem Fahrersitz. „Sie können daher gerne bei uns übernachten."

KAPITEL ZEHN

apitel Zehn

In ihrem Gedächtnis tanzten Luftschlangen. Das Thema des Balls vor all den Jahren war *Zauberwald* gewesen. Foxy wusste, dass sie die ganze Nacht lang mit allen Jungs aus ihrer Jahrgangsstufe getanzt hatte. Das Komische war, dass das einzige Gesicht, an das sie sich erinnern konnte und das sich mit ihr im langsamen Takt bewegt hatte, das von Joe war.

Die Tanzstunden waren furchtbar gewesen. Joe war mit seinem linken Fuß auf ihren getreten, dann noch einmal mit dem rechten. Sie erinnerte sich an keine einzige Sekunde des Schmerzes in ihren Zehen.

Foxy konnte sich nur daran erinnern, wie sie beide gelacht hatten. Wie strahlend Joe gelächelt hatte. Wie sicher und geborgen sie sich in seinen Armen gefühlt hatte, selbst als ihre Zehen in höchster Gefahr gewesen waren.

Auf dem Ball war nicht gelacht oder gescherzt worden. Er war ihr nicht ein einziges Mal auf die Füße getreten. Selbst als sie mit anderen Jungen aus der Jahrgangsstufe die Runde gemacht hatte, hatte Joe mit keinem anderen Mädchen getanzt.

Immer wieder war Foxy bei jedem langsamen Lied zu ihm zurückgekehrt. Obwohl sie wie Joe als Kind verlassen worden war, hatte sie nie Probleme damit gehabt, berührt zu werden. Dennoch hatte sie sich bei niemandem jemals so geerdet und gehalten gefühlt wie bei Joe Matthews.

Selbst inmitten des Autounfalls hatte Foxy gewusst, dass Joe sich um sie kümmern würde. Das hatte der Unterarm, den er schützend vor sie gehalten hatte, bewiesen. Sie wusste, dass er nicht nur blutete, sondern auch eine Prellung davongetragen haben musste. Es wäre nicht das erste Mal gewesen, dass er sich für sie in Gefahr begab.

Joe würde nie zulassen, dass ihr etwas Schlimmes zustieß. Selbst in den Zeiten, in denen er sie nicht hatte beschützen können, hatten die Gedanken an ihn und sein beständiges Lächeln Foxy immer an das Gute in dieser Welt erinnert.

Joe lächelte jetzt nicht mehr. Er sah sie nicht einmal an, als sie auf dem Rücksitz des Pickups saßen. Während das ältere Paar die lange, verlassene Straße hinunterfuhr, ließ Foxy Joe für sie sprechen, bis sie ihr Farmhaus erreichten. Sie überließ es Joe, für den nächsten Morgen einen Abschleppwagen zu rufen. Sie ließ Joe ihre Familie anrufen und ihr sagen, wo sie waren und dass es ihnen gut ging.

„Wir haben nur das eine Zimmer", sagte Mr. Drummond, der alte Farmer, der sie zufällig am Straßenrand aufgegabelt hatte.

Joe blieb stehen. Das wäre in Ordnung gewesen, wenn sie nicht auf der Treppe wären und Foxy nicht hinter ihm stünde. Sie stieß gegen seinen breiten Rücken, der vor Muskeln nur so strotzte. Bei all diesen Muskeln hätte Foxy erwartet, dass er sich hart anfühlte. Stattdessen war er weich und einladend. Anstatt zurückzuweichen, umfasste Foxy Joes Taille. Sie redete sich ein, dass sie sich damit beruhigen wollte, aber als sie noch mehr Muskeln an seinem Bauch vorfand, schaltete sich ihr Gehirn kurzzeitig aus. Statt loszulassen, zählte sie diese Muskeln.

Ja, es war ein Six-Pack.

„Ein Zimmer ist in Ordnung", sagte Joe, als er ihre Hände von seiner Taille nahm. „Wir sind zusammen aufgewachsen. Wie Bruder und Schwester."

Die Worte schmeckten wie Sandpapier, als Foxy sie leise zu sich sagte. Joe ging weiter die Treppe hinauf und ließ sie stehen. Sie nahm ein kaltes Gefühl im Bauch wahr, die Vorahnung, dass etwas nicht stimmte. Aber sie konnte nicht sagen, was.

Joe hatte nur einen blauen Fleck, nachdem er Mrs. Drummond die Wunde an seiner Stirn hatte säubern lassen. Keiner der beiden wies Anzeichen einer Gehirnerschütterung auf. Was war also los?

„Du nimmst das Bett", sagte Joe, als die Tür hinter ihnen zugefallen war.

Auch diese Worte fühlten sich falsch an. Das kalte Gefühl in ihrer Magengrube wurde stärker. Foxy wurde klar, dass sie keine Distanz zwischen sich und Joe schaffen wollte. Sie wollte, dass er sie in den Arm nahm, wie damals, als sie Kinder gewesen waren.

„Joe, wir können das Bett teilen. Es wäre nicht das erste Mal."

„Damals waren wir Kinder. Jetzt nicht mehr."

„Was denn?", spottete Foxy. „Es ist ja nicht so, dass du mich vergewaltigen würdest."

Joe lachte nicht über den Scherz. Foxy auch nicht. Die Kälte in ihrem Bauch begann sich auszubreiten. Sie wusste, was sie vertreiben würde: noch eine warme, sichere Umarmung von Joe.

„Sag mir …"

Foxy wartete, wie Joes Satz weitergehen würde. Es dauerte einen Moment, bis er weiterreden konnte. Seine Kiefer bewegten sich, als wäre er unsicher, ob er die Worte herauslassen sollte. Was merkwürdig war. Wusste er denn nicht, dass er ihr alles sagen konnte?

„Warum bist du dir bei mir und Charlotte so sicher?", fragte er schließlich.

„Wegen des Gefühls."

„Was hast du gefühlt?"

Foxy suchte nach den richtigen Worten. Es war immer schwer, die Empfindungen, die sie in ihrem Inneren spürte, zu vermitteln. „Eine Richtigkeit. Eine Unausweichlichkeit. Das Gleiche, was ich fühle, wenn ich an meine wahre Liebe denke. Das habe ich gespürt, als du und Charlotte vorhin zusammen im Büro wart."

„Vielleicht waren es Charlotte und Richard?"

„Nein." Foxy schüttelte vehement den Kopf, und eine warme Gewissheit kehrte in ihren Bauch zurück. „Es war wegen dir."

Joe schwieg eine Zeit lang. Dann setzte er sich auf den Bettrand. Foxy nahm neben ihm Platz.

„Hast du jemals daran gedacht …" Er hielt inne und räusperte sich. „Vielleicht waren es *wir* beide?"

Foxy lächelte daraufhin. „Ich habe immer gespürt, dass ich bei dir richtig bin. Wann immer du mich umarmt hast, selbst als Kind, habe ich mich immer sicher und geborgen gefühlt."

„Aber du hattest keine romantischen Gefühle für mich?"

„Joe, du weißt, dass ich mich für meine wahre Liebe aufspare. Es gab noch nie etwas Romantisches zwischen mir und einem anderen Mann."

„Und als wir uns geküsst haben?"

Foxy blieb der Mund offen stehen. Sie war so überrascht, dass sie es ein paar Mal versuchen musste, bevor sie ein Wort herausbekam. „Wir haben uns nie geküsst."

Jetzt war es Joes Mund, der offen stand. „Du erinnerst dich wirklich nicht mehr, oder?"

„Woran soll ich mich erinnern?"

„Das spielt keine Rolle." Joe atmete hörbar durch die Nase aus und erhob sich vom Bett.

„Wohin gehst du?"

„Du bist hellfühlig, kannst du das nicht erraten? Kannst du es nicht fühlen?" Er drehte sich um und sah sie an, bevor er zur Tür hinausging. „Ich werde unten auf der Couch schlafen.“

Foxy wollte ihm die Hand reichen, ihn zurückrufen. Aber sie hatte ihre Stimme verloren. Die Kälte kehrte in ihren Bauch zurück und verdrängte die Wärme, die Joes Nähe ihr beschert hatte.

Was hatte er gemeint? Welcher Kuss? Sie hatte noch nie jemanden geküsst, schon gar nicht ihren besten Freund.

Warum also verstärkte die Leugnung dieser Tatsache das Frösteln in ihrem Bauch?

Kapitel Elf

„Ein Unfall? Wo bist du?"

Joe hielt den Hörer von seinem Ohr weg. Wie kam es, dass Richs Stimme durch das altmodische Festnetztelefon so klang, als würde er direkt neben ihm stehen? Joe hatte drei Anrufversuche gebraucht und es ewig klingeln lassen, bevor Rich rangegangen war.

„Ich war auf der Route 29."

„Was machst du denn da draußen, mitten im Nirgendwo?", fragte Rich. Diesmal brüllte er nicht, sondern redete in normaler Lautstärke, aber seine Stimme dröhnte immer noch in Joes Ohr. Wahrscheinlich eine Folge davon, dass er sich den Kopf am Armaturenbrett gestoßen hatte.

„Ich hatte noch etwas zu erledigen." Joe schaute die Treppe hinauf, wo Foxy sich in einem der Zimmer ausruhte, während er alles Nötige organisierte.

Und wieder war er in einer dieser Situationen. Sie hatte eine ihrer Visionen oder Gefühle, und er zog den Kürzeren. Joe rieb sich den Kopf. Mit der Fingerspitze stieß er an das Pflaster, das Mrs. Drummond dort hingeklebt hatte. Der Blutfluss hatte längst aufgehört, aber darunter hatte sich ein blauer Fleck gebildet. Rich würde ausrasten, wenn er das sah, denn das würde die Werbefotos, die er für dieses Wochenende geplant hatte, sicherlich nicht besser machen.

„Was musstest du erledigen?", fragte Rich.

„Etwas Familiäres", antwortete Joe.

Denn das war alles, was er für Foxy war. Nur ein Ersatzbruder, der immer da war, um sie aufzufangen, wenn sie nicht aufpasste, wohin sie ging. Und zwar jeden Tag. Wie hatte diese Frau nur all die Jahre ohne ihn überlebt?

Es hatte keinen anderen Mann in ihrem Leben gegeben. Das wusste er jetzt, nachdem sie ihm gestanden hatte, dass sie immer noch auf die

Ankunft ihres Seelenverwandten wartete. Und da das nicht Joe war, erinnerte sich Foxy nicht einmal an den Kuss von damals.

Joe hingegen hatte jeden Tag an Foxy gedacht. Nahezu jede Sekunde eines jeden Tages. Das war sogar so weit gegangen, dass er ihren Namen ein oder zwei Mal auf die Gerichtsakten gekritzelt hatte.

Die imaginäre Foxy hatte ihn glücklich gemacht. Aber die echte bereitete ihm Kummer. Besonders jetzt, da er wusste, dass sie nicht so tat, als wäre das mit dem Kuss nie passiert. Sie erinnerte sich wirklich nicht daran.

Joe hingegen wusste noch jedes Detail. Ihren Duft. Jeden ihrer Seufzer. Jede einzelne ihrer Wimpern, die sie über seine Wange gestrichen war.

Sie hatte Tränen in den Augenwinkeln gehabt, als sie sich vor den Erwachsenen versteckt hatte, als ihre Mutter gekommen war. Foxy hatte schon seit Tagen ein ungutes Gefühl gehabt, aber sie hatte nicht genau sagen können, weswegen. Sie hatte ihr Zimmer nicht verlassen wollen, weil sie befürchtet hatte, das Monster käme an die Tür und versteckte sich nicht unter dem Bett oder im Schrank. Als sie erfahren hatte, wer das Monster war, hatte sie nach Joe gerufen. Sie hatte zusammengekauert in seinen

Armen gelegen, während die Zeit bis zu ihrer Abreise vergangen war.

Die Sonne war auf- und untergegangen, und er hatte sie gehalten.

Die Augenblicke waren verstrichen, waren zu Stunden geworden, und er hatte sie immer noch gehalten.

Irgendwann hatte Foxy mit ihren langen Wimpern zu Joe aufgeschaut, der Duft von Erdbeeren hatte in ihrem Atem gelegen, und ihre Lippen hatten seine gestreift.

So sanft. Nur eine Sekunde lang. Joes ganze Welt hatte sich in dieser Sekunde verändert.

Als er seine Augen geöffnet hatte, waren ihre geschlossen gewesen. Sie hatte den Kopf in seine Halsbeuge gelegt und war eingeschlafen. Bald darauf war er ihr ins Traumland gefolgt. Als er aufgewacht war, war sie fort gewesen.

„Ich hatte gehofft, du würdest mehr Zeit mit Charlotte verbringen", dröhnte Richs Stimme aus dem Telefon. „Sie sagte, das Date sei gut gelaufen, und sie glaubt, dass es eine tolle Partnerschaft werden kann."

„Ja, wegen Charlotte."

„Sie ist großartig, nicht wahr? Ich sagte doch, sie ist perfekt."

„Das ist sie. Perfekt für mich.“

„Ich werde bei ihrer Assistentin nachfragen, ob sie am Wochenende zum Fotoshooting kommen kann.

„Nein, tu das nicht!“

„Warum nicht?“

„Charlotte ist nicht die Richtige.“

„Du hast doch gerade selbst gesagt, sie sei perfekt.“

„Das ist sie auch.“

„Mann, das ergibt doch keinen Sinn!“

„Herzensangelegenheiten tun das selten.“ Joe rieb sich den Bluterguss auf seiner Stirn. „Charlotte ist eine gute Frau. Sie verdient einen guten Mann.“

„Du bist ein guter Mann. Du bist der beste Mann, den ich kenne.“

„Ich kann sie nicht lieben. Es wäre unrecht, so zu tun, als ob.“

Rich stieß am Telefon einen langen Seufzer aus. Er wusste es besser, als mit Joe zu streiten, wenn dieser hochdekorierte Soldat und Anwalt von Recht und Unrecht sprach.

„Ich werde mich einfach als Junggeselle aufstellen lassen“, sagte Joe. „Das Gute daran ist, dass man mich dann in der Zeitung als idealen Heiratskandidaten handeln wird. So bleibe ich in der Presse.“

„Das könnte funktionieren …" Joe konnte seinen Freund zwar nicht sehen, aber er konnte sich gut vorstellen, wie Rich sich übers Kinn strich – wie ein Bösewicht, der seinen Masterplan ausheckte. „Du musst dich nur aus den Klatschblättern heraushalten. Du bist ein ganz schön schlaues Kerlchen!"

„Künftiger Bundesstaatsanwalt, wenn ich bitten darf", korrigierte Joe scherzend.

„In Ordnung, Herr Bundesstaatsanwalt. Wir werden die Bekanntgabe deiner Kandidatur auf morgen Abend verschieben. Soll ich einen Fahrer organisieren, der dich nach Hause bringt?"

„Nein, das ist schon in Ordnung. Mach dir bitte keine Umstände. Ich bin an einem sicheren Ort, und morgen früh ist mein Auto repariert."

Nach weiteren Anweisungen und einem weiteren Versuch, Joe dazu zu bringen, vielleicht doch über eine Beziehung mit Charlotte nachzudenken, ließ Rich ihn gehen. Joe steckte das Telefon zurück in seine Halterung und blickte hinauf zu der dunklen Treppe.

Foxy hatte keinen Pieps von sich gegeben, was untypisch für sie war. Denn diese Frau erinnerte ihn an einen nie ermüdenden Papagei. Schweigen gehörte nicht zu ihrem Repertoire.

Er vermutete, dass sie schlief.

Aber sie hatte einen Schlag auf den Kopf bekommen.

Sie könnte eine Gehirnerschütterung haben.

Aus seiner Zeit im Sport und seiner militärischen Ausbildung wusste Joe, dass ein Mensch mit Gehirnerschütterung alle drei bis vier Stunden geweckt werden musste.

Joe schaute auf seine Uhr. Es war noch nicht einmal eine Stunde vergangen. Vielleicht schlief sie auch noch nicht. Er sollte sicherstellen, dass er den Countdown zur richtigen Zeit begann, damit er sie nicht zu früh wieder weckte.

Joe setzte einen Fuß auf die erste Stufe der Treppe. Sie machte kein Geräusch. Es war die dritte Stufe, die knarrte und seine Herannahen verkündete.

Mrs. Drummond steckte den Kopf aus der Küche, einen Waschlappen in der Hand und einen neugierigen Ausdruck im Gesicht.

„Ich will nur nach ihr sehen", sagte Joe. „Sie könnte eine Gehirnerschütterung haben. Man soll einen Menschen mit Gehirnerschütterung alle paar Stunden aufwecken."

Mrs. Drummond nickte. „Sie sind ein guter Bruder."

Joe seufzte angesichts dieser Bezeichnung. Er

war es leid, als Foxy James' Freund oder Ersatzbruder dargestellt zu werden. Aber wenn das die einzige Möglichkeit war, in ihrem Leben zu bleiben, dann würde er die bittere Pille schlucken. Denn sein Herz war einfach nicht daran interessiert, für eine andere Frau zu schlagen.

Er klopfte leise an ihre Tür. Als er keine Antwort erhielt, machte er sie auf. Foxy lag auf dem Bett. Joe trat an dessen Seite und starrte sie einen Moment lang an. Einen Arm hatte sie über den Kopf gebeugt, der andere lag an ihrer Seite. Die weiße Decke ließ sie wie einen gefallenen Engel aussehen.

„Joe?", sagte Foxy, ohne die Augen zu öffnen.

„Ich dachte, du schläfst."

„Das habe ich auch, aber ich habe deine Energie gespürt." Sie öffnete die Lider und blickte zu ihm auf. In ihren schönen Augen standen Tränen, die noch nicht vergossen waren. „Ich verstehe nicht, warum du wütend auf mich bist."

„Ich bin nicht wütend, sondern traurig, weil ich dich beinahe verloren hätte."

Das stimmte nicht ganz. Er hätte sie bei diesem Autounfall fast verloren, aber als seine Frau und Geliebte hatte er sie tatsächlich verloren. Und zwar, als ihm klar geworden war, dass sie für ihn nicht das empfand, was er für sie fühlte, und es wahrscheinlich auch nie tun würde.

„Du wirst mich niemals verlieren", sagte Foxy. „Du bist mein sicherer Hafen."

Sie streckte ihm eine Hand entgegen. Joe nahm sie, und er nahm auch ihre Worte dankbar an, denn er würde jeden noch so kleinen Strohhalm ergreifen, den sie ihm reichte.

Joe setzte sich auf die Matratze. Er streckte sich darauf aus und legte sich schließlich unter die Decke, unter der die Frau lag, für die sein Herz schlug. Foxy schlang seinen Arm um sie. Sie legte ihren Kopf in seine Ellbogenbeuge und schlief wieder ein.

Es dauerte nur wenige Augenblicke, aber mit dem gleichmäßigen Rhythmus ihres Herzschlags und ihren gleichmäßigen Atemzügen ließ sich Joe in den Schlaf wiegen. Er weckte weder sich noch sie in den nächsten drei Stunden. Auch wenn sie beide eine Gehirnerschütterung haben sollten, so blieb er doch lieber in dieser Traumwelt gefangen, als aufzuwachen.

KAPITEL ZWÖLF

So gut hatte Foxy seit Tagen, Wochen, Jahren nicht mehr geschlafen. Dieser Schlaf war belebend für die Seele gewesen, belebend für den Geist. Sie hatte sich so sicher und geborgen und so erfüllt von Liebe und Wärme gefühlt, dass sie nicht hatte aufwachen wollen.

Der Traum darin war auch nicht wie die anderen Träume, die sie je gehabt hatte, gewesen. In diesem Traum hatte sie nichts gesehen, nur eine friedliche Dunkelheit. Es war das Gefühl des Traums, von dem Foxy sich nicht trennen wollte.

Es fühlte sich wie eine Heimkehr an. Es fühlte

sich richtig an. Es fühlte sich unvermeidlich an.

Es war wie damals, als sie von ihrer wahren Liebe geträumt hatte. Sie hatte diesen Traum schon lange nicht mehr gehabt. Dass sie ihn jetzt hatte, musste bedeuten, dass er in der Nähe war. Es musste bedeuten, dass sie ihn bald kennenlernen würde. Vielleicht sogar heute.

In Gedanken öffnete Foxy die Augen und freute sich auf diesen bedeutsamen Tag. In Wirklichkeit hoben sich ihre Augenlider langsam und nahmen das sanfte Sonnenlicht wahr, das hinter den Vorhängen hervorlugte. Mit nur einem offenen Auge offenbarte sich ihr eine warme braune Brust.

Foxy lag in den Armen eines Mannes.

Als sie von der Traumwelt ins wirkliche Leben wechselte, ließen die Gefühle nicht nach. In diesen Armen fühlte Foxy dieselbe Sicherheit. Sie fühlte sich vollkommen sicher, als ob diese Arme sie niemals fallen lassen würden. Es fühlte sich richtig an, neben diesem Fremden zu liegen.

Als sie den Kopf hob, war sie nicht überrascht, Joe zu sehen, der sie anschaute. Als einer ihrer ältesten und engsten Freunde war Joe immer ein sicherer Hafen für sie gewesen. Aber er war nicht ihr Traummann. Er war nicht ihr Seelenverwandter. Das hätte sie schon vor Jahren gewusst.

Foxy blinzelte den Schlaf aus ihren Augen. Und sie blinzelte, um wieder klar sehen zu können. Aber das tat sie bereits. Sie sah die Dinge klar und deutlich.

Joes hübsches Gesicht blieb in ihrem Blickfeld. Das Gefühl von Sicherheit, Geborgenheit und Wärme blieb bestehen. Ihr Herz bestand darauf, dass es genau hier sein wollte. In ihrem Inneren spürte sie einen ruhigen See der Gelassenheit.

Was war mit ihr los?

In diesem Moment blickte Foxy auf Joes Mund. Diese Lippen waren wie ein weiches, rosafarbenes Kissen, auf das sie ihre Lippen legen wollte. Das Verlangen war so plötzlich, so spürbar da, dass es sie überrumpelte. Die Überraschung brachte sie zurück zu einem Traum, den sie vor Jahren gehabt hatte. Einem Traum, in dem sie ihrem wahren Geliebten einen Gute-Nacht-Kuss gegeben hatte und in seinen Armen eingeschlafen war.

Nur war das kein Traum gewesen. Es war passiert.

In der letzten Nacht, die sie als Mündel des Staates in der Pflegefamilie Bright Horizon verbracht hatte, hatte Joe in ihrem Bett geschlafen. Sie hatte Angst gehabt, was das Leben ihr bringen würde, wenn ihre Mutter sie und ihre Schwestern am Morgen abholte. Wie immer war Joe da gewesen.

Er war den ganzen Tag bei ihr gewesen, während sie sich in ihrem Zimmer eingesperrt hatte. Er war die ganze Nacht bei ihr gewesen, als sie sich geweigert hatte, ihr Bett zu verlassen. Joe hatte einfach neben ihr gesessen, während stille Tränen gefallen waren. Dann hatte er sie im Arm gehalten, als sie eingeschlafen war. Aber erst, nachdem Foxy ihren Kopf geneigt und ihre Lippen auf die seinen gelegt hatte.

Heiliger Strohsack, sie hatte Joe Matthews geküsst!

Sie hatte nicht vorgehabt, ihn zu küssen. Sie hatte nur Danke sagen wollen. Nur hatten ihre Lippen die Worte nicht formuliert. Die Berührung seiner Lippen mit ihren hatte alles gesagt, was sie hätte sagen müssen, und dann war sie eingeschlafen. Es war der gleiche zufriedene Schlaf gewesen, den sie gerade erlebt hatte. Und als sie nach einer Nacht erwacht war, in der sie von seiner Stärke umgeben gewesen war, hatte sie sich stark genug gefühlt, um sich der neuen Wirklichkeit ihres Lebens zu stellen.

Wie hatte sie das vergessen können? Wie hatte sie ihn vergessen können? Wie hatte sie sich nicht daran erinnern können, dass die stille Kraft, die sie an diesem Tag mit sich herumgetragen hatte, von Joe gestammt hatte?

„Bist du es?", fragte sie.

Joes Augen waren geöffnet, weit geöffnet. Seine Nasenflügel blähten sich bei ihren Worten. Sein Herz setzte einen Schlag aus. Foxy wusste es, denn ihre Hand ruhte auf seiner starken Brust.

Foxy bewegte sich in Joes Armen, damit sie ihn ganz in sich aufnehmen konnte. Da war das starke Kinn, das einen Fall gewinnen konnte, wenn es dazu führen würde, dass der Gerechtigkeit Genüge getan wurde. Da waren die hellen, haselnussbraunen Augen, die über sie wachten und nach jedem Anzeichen von Gefahr Ausschau hielten, während sie sich blindlings ins Getümmel stürzte, um ihre eigene Art von Gerechtigkeit walten zu lassen, die aus ihrem Bauch heraus kam. Da waren diese weichen Lippen, die sich immer für sie einsetzten, auch wenn er nicht einverstanden war oder gar nicht verstand, worum es ihr ging.

„Du bist meine wahre Liebe?" Foxy konnte nicht verhindern, dass das Fragezeichen am Ende des Satzes mitschwang. Ihr Bauchgefühl war sich sicher. Ihr Herz war mit an Bord. Es war ihr Kopf, der vernebelt war. Wie hatte sie das nicht so deutlich sehen können?

Joe seinerseits sah sie mit verkniffenen Gesichtszügen an. „Fragst du mich oder sagst du es mir?"

„Wie konnte ich das nur übersehen?" Foxy setzte sich im Bett auf, die Decke fiel von ihrem Körper und zeigte, dass sie in der Kleidung von gestern eingeschlafen war.

Joe setzte sich ebenfalls auf und lehnte sich mit dem Rücken gegen das Kopfteil des Bettes. „Das frage ich mich auch schon seit Jahren."

„Seit Jahren?" Foxy starrte ihn an. „Du wusstest es seit Jahren und hast es mir nicht gesagt. Wie konntest du das vor mir verheimlichen?"

„Ich? Wie könnte ich …? Ich?"

„Ja, du." Sie stieß einen Finger gegen seine Brust. „Wir sollten Freunde sein, und du hast mir nicht gesagt, dass du meine einzige wahre Liebe bist."

„Ist das meine Schuld?" Joe tippte sich selbst mit dem Finger auf die Brust. „Wieso ist das meine Schuld? Bist du nicht die Hellseherin hier?"

Foxy warf verärgert die Hände in die Luft. „Ich bin keine Hellseherin!"

„Ich weiß, ich weiß. Du bist hellfühlend. Du spürst Dinge." Joe bewegte seine Hand über seinem Herzen.

„Es ist ein Bauchgefühl", korrigierte Foxy, aber er achtete nicht darauf.

„Außer, wenn jemand Gefühle für dich hat. Dann verdrängst du es und vergisst, dass es je passiert ist."

„Aber du hast es gespürt." Foxy kniete sich auf die Matratze, sodass sie ihn überragen konnte. Sie reichte nur bis zu seinem Kinn. „Ich kann es nicht glauben, Joe Matthews! Wir haben so viel Zeit verschwendet, dabei hätten wir …"

„Was hätten wir?"

Joe kniete sich ebenfalls hin. Foxy musste den Kopf zurücklegen, um zu ihm aufschauen zu können. Sie öffnete den Mund, aber es kam kein protestierendes Wort heraus. Sie spürte nur Verlangen nach ihm.

Und so stürzte sich Foxy auf ihn. Wie immer sprang sie, bevor sie hinschaute, und wäre fast vom Bett gekippt. Wie immer fing Joe sie sicher in seinen Armen auf.

Zum zweiten Mal in ihrem Leben berührten Foxys Lippen die seinen. Der erste Kuss war im Vergleich dazu keusch gewesen. Dieser Kuss war ein regelrechtes Inferno.

Tausend Gefühle durchfluteten Foxy. Wärme. Verlangen. Feuer. Lust. Erleichterung.

Das war es.

Er war es.

Es war Joe.

Joe war der Eine.

Sie hatte ihren Seelenverwandten gefunden. Sie lag in seinen Armen und erlebte pure Glückseligkeit, als Joe ihren Kuss vertiefte. Keine ihrer Visionen, kein Bauchgefühl und nicht einmal ihre Fantasie konnten mit Joe Matthews' Umarmung mithalten.

Weg war der stille Junge mit dem berechnenden Verstand. Hier vor ihr war ein erwachsener Mann mit einem alles versengenden Appetit, und der galt ihr. Foxy hatte ebenfalls Hunger auf ihn. Aber ihr Magen fühlte sich gesättigt an. Alles in ihr fühlte sich richtig, ganz und perfekt an.

Eine Stimme ertönte von der Tür her. Das war es, was sie schließlich auseinanderbrachte. Während Foxy noch in seinen Armen lag, blickten sie und Joe auf und sahen den Farmer und seine Frau in der Tür stehen.

„Bruder und Schwester, was?"

Joe und Foxy sahen einander an. Was sie für diesen Mann empfand, war mehr als geschwisterliche Zuneigung. Dennoch ersetzte ein kalter Schauer die Wärme, die sie in Joes Armen empfunden hatte. Foxy wich zurück, als sie das Gefühl zu spüren bekam.

„Daria! Wir müssen zu Daria!"

apitel Dreizehn

Joe fuhr die Kurve langsam. Er benutzte hauptsächlich seine linke Hand, um zu lenken. Seine rechte Hand war derzeit damit beschäftigt, mit Foxys linker Hand einen Gang einzulegen.

Nachdem sie sich bei den verblüfften Farmern bedankt hatten, deren Blicke auf Joes und Foxys vereinte Hände gerichtet gewesen waren, hatten sich die frischgebackenen Seelenverwandten auf den Weg aus dem Haus und zu Joes abgeschlepptem Auto in der Einfahrt gemacht. Joe hatte Foxys Hand die Treppe hinunter, beim Gang durch die Vordertür und beim Setzen auf den Beifahrersitz gehalten. Widerwillig hatte er ihre Hand losgelassen, um auf die Fahrerseite zu gehen und ebenfalls Platz zu nehmen. Dann hatte er ihre Hand wieder in seine genommen und seine Frau zurückgefordert. Er freute sich nicht darauf, den Wagen zu parken, als sie vor dem staatlichen Kinderheim vorfuhren, aber es musste getan werden.

Als er den Motor ausschaltete, beugte Joe sich vor und drückte Foxy einen Kuss auf jeden ihrer Knöchel. Sie lächelte ihn an, ihre Augen leuchteten hell. Joe hätte schwören können, dass er in eine Supernova blickte. Er hätte sich nie träumen lassen, dass er so glücklich sein und sich so zufrieden fühlen könnte. Alles, was diesen Moment noch besser machen könnte, war ein weiterer Kuss von der Frau, die er schon so lange liebte, wie er wusste, was das Wort bedeutete.

Und dann wurde ihm klar, dass er jetzt das Recht dazu hatte.

Joe beugte sich über die Konsole. Foxy kam ihm mehr als entgegen. Ihr Kuss war eine echte Supernova.

Die Schwerkraft drückte auf ihn ein und ließ Joe noch tiefer in Foxys Umarmung fallen. Er hatte das Gefühl, als würde seine Welt gleichzeitig expandieren und kollabieren. Während um ihn herum

Sterne und Galaxien starben und neu geboren wurden, griff Joe nach dem hellen Licht genannt Foxy. Er küsste sie, bis er fast besinnungslos war, und kam erst wieder hoch, als der Sauerstoff zu Ende ging.

„Ich kann nicht glauben, dass du es die ganze Zeit warst", sagte sie, nachdem sie nicht nur einen, sondern zwei Atemzüge Luft eingeatmet hatte.

„Ich brauchte keine übersinnlichen Kräfte, um zu wissen, dass du eine wunderbare Frau bist", erwiderte er, als er selbst auch wieder zu Atem gekommen war. „Ich wusste es vom ersten Moment an, als ich dich sah."

„Als wir uns das erste Mal begegneten, hast du mir die Zunge rausgestreckt und eine Grimasse gezogen."

„Ich war sieben!", protestierte Joe. „Ich dachte, Mädchen wären eklig. Aber du warst die erste Person, mit der ich warm geworden bin."

Foxy fuhr mit den Fingern an seiner Schläfe entlang und hinunter zu seinem Kinn, um die Konturen seines Gesichts nachzuzeichnen. Mit jeder Berührung hatte Joe das Gefühl, als würde er zu einem neuen Menschen wiedergeboren. Eine bessere Version seiner selbst.

„Nun", sagte Joe nach einem weiteren kurzen Kuss, „lass uns reingehen und nach dem Kind sehen."

„Ihr Name ist Daria. Du wirst sie lieben. Sie will eine Superheldin werden, wenn sie groß ist, und alle Ungerechtigkeiten auf der Welt beseitigen. Wie jemand anderes, den ich kenne."

Joe hatte als Kind nie eine lebhafte Fantasie gehabt, nur ein angeborenes Gespür dafür, wenn etwas nicht in Ordnung war. Und in diesem Fall hatte er immer den Drang gehabt, es wieder zu korrigieren.

Als er zu dem staatlichen Kinderheim aufblickte, ahnte er, dass etwas nicht stimmte. Als er durch die Türen trat, schlug ihm ein stechender Geruch entgegen. Bright Horizons war ein altes Gebäude gewesen, aber man hatte es stets sauber und ordentlich gehalten.

Als sie den Flur entlanggingen, sahen sie schmutzige Kinder. Nein, sie waren nicht wirklich schmutzig, nur ungepflegt. Bei Bright Horizons waren tägliche Bäder oder Duschen nicht verhandelbar gewesen. Viele dieser Kinder sahen aus, als hätten sie eine ganze Woche lang kein einziges Körperteil unter einen laufenden Wasserhahn gehalten.

Sie zuckten zusammen, als Joe und Foxy sich ihnen näherten. Kein Kind hielt den Blickkontakt länger als eine Sekunde. In der Ferne konnte Joe gedämpftes Weinen hören.

Foxys Hand umfasste seine fester. Joe zog sie an sich. In Pflegefamilien aufzuwachsen, war für sie beide hart gewesen, aber keiner von ihnen war ernsthaft misshandelt worden. Man konnte deutlich erkennen, dass dieser Ort dunkler war als Bright Horizons.

Die Tatsache, dass er in einer Pflegefamilie aufgewachsen war, nachdem seine Eltern gestorben waren und seine Großeltern mütterlicherseits ihre Rechte an ihn abgetreten hatten, war ein wesentlicher Grund dafür, dass Joe sich für Jura entschieden hatte. Er hatte es gehasst, dass er als Kind nicht die Macht gehabt hatte, für sich selbst einzutreten. Er hatte sich auf die Erwachsenen verlassen müssen, und das war für verlassene Kinder in der Regel ein schwieriges Unterfangen. Erst als er seinen Abschluss in Jura in der Tasche gehabt hatte, hatte Joe endlich eine wirkliche Machtverschiebung wahrgenommen. Als er diese Kinder betrachtete, wurde er an die Machtlosigkeit erinnert, vor der er vor all den Jahren geflohen war.

Als Staatsanwalt hätte er die Macht, etwas dagegen zu unternehmen. Als Staatsanwalt wäre er der gesetzliche Vertreter des Amtes für Familienangelegenheiten. Er könnte eine Veränderung herbeiführen, die das Leben dieser Kinder verbessern würde.

Joe wünschte sich, dies den verzweifelten Kindern, an denen er vorbeiging, zu sagen. Er wollte, dass sie wussten, dass sich etwas ändern würde, sobald er an der Macht wäre. Er würde seinen Einfluss nutzen, um ihr Leben zu verbessern.

Eine Tür am Ende des Flurs wurde geöffnet. Ein großer Mann, der aussah, als wäre er einmal ein Footballspieler gewesen, kam als Erster heraus. Ihm folgte eine grauhaarige Frau, die mit ihrem schwarzen Haar und den zusammengekniffenen Augen an eine Vogelscheuche erinnerte. Auf den zweiten Blick erkannte Joe, dass das Haar der Frau von weißen Strähnen durchzogen war.

„Danke, dass Sie gekommen sind, Mr. Benson", sagte die Vogelscheuche.

Benson? Warum kannte Joe diesen Namen? Der besagte Mann blickte auf, und in den Augen beider Männer dämmerte die Erkenntnis.

Rich hatte Joe vergangene Woche ein Bild dieses Mannes gezeigt. Es war Roger Benson. Benson saß im Kommissionsausschuss, der den neuen Staatsanwalt für den frei gewordenen Sitz ernennen würde.

„Captain Matthews?"

Roger Benson musterte Joe von oben bis unten. Als der scharfe Blick des Mannes ein zweites Mal zu Joes Gesicht zurückkehrte, war dieser sicher, dass er darin Missbilligung sah.

„Ich dachte, wir würden uns erst morgen sehen." Benson rückte seine Krawatte zurecht, als er einen Schritt näher kam, um Joes Hand zu schütteln. „Ich sehe, Sie sind schon eifrig bei der Sache."

Joe ließ Foxys Hand los und reichte sie Benson, um sie zu schütteln. „Ich wusste nicht, dass Sie hier sind, Sir. Was für ein glücklicher Zufall! Ich bin in einer Familienangelegenheit hier."

„Familienangelegenheit?" Benson sah Foxy an. „Das ist Ihre Schwester?"

„Nein, Foxy ist meine ..."

„Ich bin seine Seelenverwandte", ergänzte Foxy, als Joes Schweigen einen Takt zu lang dauerte.

Seelenverwandte war nicht die Bezeichnung, die Joe hatte verwenden wollen. Freundin schien kindisch. Verlobte war nicht korrekt, da er sie noch nicht um ihre Hand gebeten hatte. Seelenverwandte war zutreffend, aber nicht unbedingt die beste Beschreibung für diesen ernsten Mann, der die beiden anstarrte.

Benson ließ Joes Hand fallen. Foxy ergriff sie

sofort wieder und verschränkte ihre Finger mit seinen.

„Seelenverwandte?", wiederholte Benson. „Und Sie sagten, Ihr Name sei Foxy?"

Foxy nickte. „Foxy Morningstar James."

„Foxy arbeitet bei einer anderen Pflegefamilie", warf Joe ein, bevor sie weitere Details hinzufügen konnte. „Sie arbeitet im Rahmen ihrer Arbeit in der Bright Horizons Foster Home an ihrer Zertifizierung als höhere Pflegerin."

„Lobenswert", kommentierte Benson, und seine missbilligenden Gesichtszüge entspannten sich leicht.

„Ich bin außerdem hellfühlend", sagte Foxy. „Wir sind hier, weil ich gespürt habe, dass eines der Kinder in diesem Heim in Not ist."

Bensons Blick wanderte wieder zu Joe. Joe seinerseits schenkte dem Mann ein schwaches Lächeln und fragte sich, ob ihm sein Traumjob gerade durch die Lappen gegangen war. Dennoch hielt er die Hand seiner Seelenverwandten weiterhin fest. Er hatte zu lange auf diesen Moment gewartet. Was auch immer die Zukunft bringen würde, er würde es mit dieser Frau an seiner Seite erleben.

KAPITEL VIERZEHN

Kapitel Vierzehn

„Ms. Foxy, Sie sind gekommen, um mich zu retten!"

Dünne Ärmchen umschlangen Foxys Taille, und ein Kopf mit verfilztem Haar drückte sich an ihren Bauch. Obwohl Daria zierlich war, hätte das kleine Mädchen Foxy fast umgeworfen. Foxy drückte das Kind fest an sich und war besorgt, dass sie nur Haut und Knochen spürte.

Als Daria das erste Mal zu Bright Horizons gekommen war, hatte sie jedwede Art von Berührung verweigert. Das war bei Pflegekindern üblich. Sie waren von den ersten Menschen, die sie bedingungslos hatten lieben sollen, im Stich gelassen worden. Es war also kein Wunder, dass es ihnen schwer fiel, Zuneigung von Fremden anzunehmen.

„Dieser Ort ist voller Bösewichte", flüsterte Daria Foxy ins Ohr.

Aber Darias Vorstellung von Flüstern war laut genug, dass alle um sie herum sie hören konnten. Sie standen in einem Gemeinschaftsraum mit weiteren Pflegekindern. Die meisten warfen Daria spöttische Blicke zu.

Foxy kannte diese Blicke gut. Bevor sie und ihre Schwestern zu Bright Horizons gekommen waren, waren sie an ein paar üblen Orten gewesen, wo Kinder und Erwachsene die Schwachen ausgenutzt hatten. Aber sie waren die James-Schwestern.

Bei diesen war man vorsichtig gewesen. Eine allein hatte anderen Angst eingejagt. Zwei hatten sie vertrieben. Alle drei zusammen waren in jeder Pflegefamilie, in der sie untergebracht gewesen waren, an die Spitze der Nahrungskette aufgestiegen. Und jetzt leiteten sie eines der berüchtigtsten Kinderheime des Bundesstaats.

Nicht nur das, sie hatten Bright Horizons auch entwurzelt und die Einrichtung in neuen Räumlichkeiten auf einer Ranch untergebracht. Daria war eine von ihnen. Sie war vorübergehend in diesem Heim untergebracht worden, bis sie zurückkehren konnte. Ein Teil der Abmachung bestand darin, dass Foxy ihr Zertifikat erhielt.

Der Bundesstaat glaubte aufgrund eines Missverständnisses, Daria würde sonderpädagogische Unterstützung benötigen. Das kleine Mädchen glaubte, es sei eine Superheldin. Gut, Darias medizinische Akte enthielt zahlreiche Prellungen, Verstauchungen und gebrochene Gliedmaßen. Und vielleicht war ein Vertreter des Bundesstaats außerdem Zeuge geworden, wie das Kind auf ein Pferd gesprungen war, weil es geglaubt hatte, dass es über magische Kräfte verfügte und ihr helfen würde, der Entführung durch den Staat zu entgehen.

Ja, alles nur Missverständnisse. Joe hatte dabei geholfen, den Papierkram einzureichen, damit Savy und Charlie Darias älteren Bruder Denny adoptieren konnten. Sobald die Tinte getrocknet sein und Foxy ihr Pflegezertifikat erhalten haben würde, sollte es keinen Grund mehr geben, Daria nicht wieder nach Hause holen zu können, wo sie hingehörte.

Aber zuerst musste Daria dieses staatliche Heim überleben. Anders als die James Mädchen, war Daria hier ganz allein. Ihr Bruder war nicht bei ihr, um auf sie aufzupassen. Schlimmer noch, die kleine Superheldin war ohne ihren Umhang hier.

Ohne den Umhang, der ihre blasse Haut bedeckte, sah Foxy, dass sie noch ein paar blaue Flecken an Armen und Beinen hatte. Sie könnten von Darias Superheldenstreichen stammen. Aber Foxy bezweifelte das irgendwie. Das kalte Gefühl in Foxys Magengrube wuchs.

„Hat dir jemand wehgetan, Daria?" Foxy hielt die geprellten Arme des kleinen Mädchens behutsam in ihren Händen.

„Oh, das? Das habe ich vom Ausspionieren von Ms. Monroe."

„Du hast die Leiterin ausspioniert?"

Daria nickte. „Haben Sie sie gesehen? Sie sieht aus wie Cruella De Vil, nur ohne die Tupfen."

Foxy konnte die Ähnlichkeit nicht abstreiten. Ms. Monroe hatte einen strengen, scharfsinnigen Blick. Und ihr schwarzes Haar hatte gleichmäßige weiße Strähnen, die nicht vom Färben stammen konnten. Diese Frisur sah aus wie etwas Übernatürliches.

„Ms. Benson sieht aus wie ein Bösewicht. Aber auch …" Daria beugte sich vor, um Foxy wieder etwas zuzuflüstern – lautstark. „Sie hat nie versucht, mich so zu umarmen wie Sie und Ms. Savy. Keines dieser Kinder ist jemals umarmt worden. Ich habe gefragt. Sie müssen hier nicht einmal im Haushalt helfen."

Das war eine Beschwerde nach Savys Geschmack. Aber welche von Darias Aussagen würde Savy mehr lieben? Zu wissen, dass Daria nicht nur Umarmungen vermisste, sondern auch die Hausarbeit …

„Daher wusste ich, dass mit diesem Ort etwas nicht stimmt", fuhr Daria fort. Ihre Stimme war jetzt so leise, dass sie tatsächlich flüsterte. „Also kroch ich durch die Lüftungsschächte."

Foxy umfasste ihre schmalen Schultern. „Du bist durch die Lüftungsschächte gekrochen? Daria, das ist gefährlich!"

„Ich war vorsichtig. Keiner hat mich gesehen."

Foxy lockerte ihren Griff. Daria brauchte wirklich eine Rund-um-die-Uhr-Betreuung. Nicht, weil sie schwer erziehbar war. Nein, sie zog Ärger an wie ein Magnet.

„Heute Morgen waren Ms. Monroe und dieser unheimliche Typ im Büro."

Unheimlicher Typ? Damit musste Benson gemeint sein. Foxy hatte bei seinem Anblick ebenfalls Gänsehaut bekommen, aber sie hatte den Mund gehalten. Der Mann hatte etwas damit zu tun, dass Joe zum Bezirksstaatsanwalt ernannt werden würde. Tatsächlich sprach Joe in diesem Augenblick mit ihm.

Foxy wusste nicht viel über Politik. Sie wusste, dass der Kommissionsausschuss wichtig war und mit Politik zu tun hatte. Sie vermutete, dass sie mit solchen Leuten zu tun haben müsste, wenn sie die Frau eines Politikers werden wollte.

Sieh mal einer an! Foxy James hätte nie gedacht, dass sie einmal in die Politik gehen würde. Aber wenn es das war, was Joe wollte, dann würde sie Kompromisse eingehen. Sie hatte es ernst gemeint, als sie sagte, die Welt brauche einen guten Mann wie Joe. Sie würde einfach die Frau an seiner Seite sein müssen, die ihn vor den Fallstricken der Politik und machtgierigen Politikern beschützte. Offenbar begann diese Mission mit Roger Benson.

„Sie machen die Kinder krank", sagte Daria.

„Was meinst du damit?"

„Sie machen sie absichtlich verrückt."

„Daria, das sagt man nicht! Menschen mit geistigen Behinderungen benötigen unser Mitgefühl und Verständnis."

„Aber sie tun es mit Absicht, Ms. Foxy. Ich habe gehört, wie sie es gesagt haben. Sie versuchen auch, mich geistig behindert zu machen."

Daria standen Tränen in den Augen. Sie versuchte nicht einmal, sie zu unterdrücken. Sie liefen ihr die Wangen hinunter und hinterließen Spuren in den Schmutzflecken.

Foxy zog das Mädchen an sich und hielt es fest. „Ich weiß, dass das schwer ist, Süße. Wir werden dich bald hier herausholen. Das verspreche ich dir.“

„Ich möchte jetzt nach Hause gehen! Ich will nicht geistig behindert sein!“

Foxy holte tief Luft. Sie starrte Daria an. Sie wusste, dass dies eine unbegründete Angst war. Aber aus irgendeinem Grund wollte das kalte Grauen, das sie hierhergeführt hatte, ihren Bauch nicht verlassen. Nicht einmal jetzt, wo sie gesehen hatte, dass Daria einigermaßen gesund und weitgehend unversehrt war.

Irgendetwas war immer noch nicht in Ordnung.

KAPITEL FÜNFZEHN

$\mathcal{K}$apitel Fünfzehn

„Wie Sie sehen können, sind wir auf dem neuesten Stand der Technik." Ms. Monroes Absätze klapperten auf dem Linoleum, als sie den Flur hinunterschritt.

Das Geräusch erinnerte Joe an Gewehrschüsse. Doch anstatt einen der Bösewichte auf der gegenüberliegenden Seite zur Strecke zu bringen, zuckten alle Kinder zusammen, wichen zurück und verschwanden um die Ecke oder hinter einer Tür.

Joe warf einen Blick in den Raum, auf den Ms. Monroe gedeutet hatte. Drinnen war es ein wenig unordentlich. Der Boden war klebrig und quietschte unter seinen Schuhen. Und da war immer noch dieser allgegenwärtige Geruch von Ungewaschenem.

Dieser Geruch haftete jedoch nicht an Ms. Monroe. Sie war tadellos gekleidet, mit einer makellosen Bluse und einem Rock, der mit dem konkurrierte, was Charlotte O'Dell am Vortag getragen hatte. Ihre Nägel waren perfekt maniкürt. Ihr Augen-Make-up war gekonnt aufgetragen. Es ließ sie nicht hübsch aussehen, sondern ernst und einschüchternd.

Die Pflegekinder im Raum traten nervös von einem Fuß auf den anderen. Alle Gespräche verstummten in dem Moment, in dem Ms. Monroe in der Tür stand. Jeder kleine Körper wurde so regungslos wie eine Beute, die hoffte, dass sie, solange sie sich nicht bewegte, von dem Raubtier nicht bemerkt werden würde.

Benson seinerseits blickte immer wieder auf seine Uhr, als ob er lieber woanders wäre. Er trat nicht mit Joe und Ms. Monroe über die Schwelle. Auch lehnte er sich nicht an den Türrahmen. Er rümpfte seine nach oben gerichtete Nase, als ob er den unangenehmen Geruch ebenfalls wahrnahm und alles in seiner Macht stehende tat, um sicherzustellen, dass nichts davon seine Person berührte.

Joe betrachtete den Raum voller schweigsamer Kinder. Ein paar warfen ihm verstohlene Blicke zu, aber keines sagte ein Wort. Foxys Worte hallten in Joes Kopf wider, dass mit diesem Ort etwas nicht in Ordnung war. Er konnte diesen Worten nicht widersprechen. Aber er konnte auch keinen Beweis dafür finden, dass hier etwas nicht stimmte.

„Als ich in einer Pflegefamilie war, war es nie so ruhig", sagte Joe.

„Das liegt daran, dass es keine guten Medikamente gab, als Sie ein Kind waren."

Joe blinzelte einmal, dann zweimal. Er schaute zu Ms. Monroe hinüber, in der Hoffnung, ein scherzhaftes Lachen zu hören oder ein scherzhaftes Lächeln zu sehen. Die schwarz-weißhaarige Frau blickte so ernst drein wie immer.

„Einige dieser Kinder haben große Probleme", so Ms. Monroe weiter. „Alles von Panikattacken, posttraumatischer Belastungsstörung, Angstzuständen und Depressionen bis hin zu körperlichen Behinderungen."

Viele Kinder im Pflegesystem hatten eine Form von PTSD. Das konnte darauf zurückzuführen sein, dass sie von Geburt an süchtig nach dem waren, was ihre Eltern ihnen in die Venen gepumpt hatten. Oder es konnte ein Trauma sein, das nach der

Geburt entstanden war. Diese Kinder wurden nicht mit den gleichen Voraussetzungen geboren wie andere, weshalb sie so dringend Fürsprecher brauchten.

„Ich habe gehört, dass Sie selbst aus einer Pflegefamilie kommen, Captain Matthews?"

Joe nickte. „Mein Vater wurde im Irak getötet, kurz nachdem ich geboren wurde. Die Eltern meiner Mutter wollten, dass sie mich zur Adoption freigibt, weil ich ein Mischling war."

Eines der Kinder blickte bei diesen Worten auf. Der Junge sah zwar nicht wie ein Mischling aus, aber es war schwer, bei einem Menschen zu erkennen, welcher Kultur er angehörte, wenn man ihn nur flüchtig ansah. Joe hatte es immer gehasst, wenn ihn jemand gefragt hatte: *Was bist du?* Der Junge schaute nicht auf Joes Hautfarbe, um seine ethnische Zugehörigkeit zu bestimmen. Er schaute Joe direkt in die Augen, als wolle er ihn fragen, *wer* er sei.

„Es sieht so aus, als hätten Sie etwas aus sich gemacht", sagte Benson, der sich endlich in das Gespräch einschaltete, aber weiterhin nicht über die Schwelle trat. „Jurastudium, Militärstaatsanwalt und jetzt ein Kandidat für das Amt des Bezirksstaatsanwalts. Sie sind ein Vorbild für diese Kinder."

Joe nickte, den Blick immer noch auf das Kind

gerichtet, das ihn schweigend musterte. „Ich wurde in einem Kinderheim untergebracht und dann von wunderbaren Menschen adoptiert. Dann habe ich die Rente aufgrund des Tod meines Vaters genutzt, um das College zu bezahlen.“

„Rente?“, fragte der Junge und erhob sich von dem abgewetzten Sofa. „Was ist das?“

„Justin!“ Ms. Monroes Stimme klang wie eine Peitsche, die durch den Raum knallte. „Wir sprechen nur, wenn wir gefragt werden.“

Justin schürzte die Lippen. Seine Unterlippe bebte, als wollte er unbedingt sprechen.

„Ist schon in Ordnung“, sagte Joe. „Ich erkläre es dir gerne. Ich habe Rente erhalten, weil mein Vater ein Veteran war. Diese Rente ist Geld, das für die Hinterbliebenen eines Angehörigen des Militärs gezahlt wird.“

„Meine Mutter war Soldatin“, sagte Justin. „Man sagte mir, sie sei gefallen und gestorben.“

Die Mutter dieses Jungen war eine gefallene Soldatin. Das bedeutete, dass sie im Kampf gefallen war.

„Glauben Sie, dass ich auch so etwas bekomme? Ich will aufs College gehen.“

„Natürlich tust du das“, erwiderte Joe und trat vor. „Ich könnte …“

„Justin, Captain Matthews ist beschäftigt!", unterbrach Ms. Monroe Joe sowohl physisch, indem sie sich vor ihn stellte, als auch mit ihren knappen Worten. „Das können wir später besprechen."

Sie drehte sich mit einer perfekten Kehrtwendung um, sodass Joe sich fragte, ob sie auch aus einer Militärsfamilie stammte. Vielleicht war sie die Tochter eines Drill-Sergeants, wenn sie nicht selbst einer war.

Ms. Monroe führte Joe zur Tür hinaus und schloss sie hinter sich. „Das tut mir leid", sagte sie.

„Nein, es macht mir überhaupt nichts aus. Ich würde mich freuen, mit ihm oder jedem anderen Kind über militärische Leistungen zu sprechen und darüber, wie man sie nutzen kann, um das College oder etwas anderes zu bezahlen."

„Wie ich schon sagte, haben die meisten dieser Kinder Behinderungen, die es ihnen unmöglich machen würden, an einer Hochschule erfolgreich zu sein, geschweige denn angenommen zu werden."

Dagegen wollte Joe protestieren. Eine Behinderung schloss niemanden von der Hochschulbildung aus. Soldaten, die ihrem Land dienten, kehrten täglich mit Wunden zurück, die sie in Ausübung ihrer Pflicht erlitten hatten. Dennoch gaben sie alles, auch wenn sie verwundet waren. Bevor Joe seine

Stimme erheben konnte, meldete sich Benson zu Wort.

„Was diese Einrichtung benötigt", hob er an, „sind mehr Mittel. Es ist teuer, sich um all diese Kinder zu kümmern. Das belastet den Bezirk und den Staatshaushalt."

„Dem stimme ich zu", pflichtete Joe bei. „Und wenn ich Staatsanwalt werde, werden Pflegefamilien und deren Finanzierung eine meiner obersten Prioritäten sein."

Benson grinste daraufhin. Etwas an dem Grinsen des Mannes erinnerte an eine Schlange, die sich über einen Weg schlängelt. „Ich glaube, Sie wären ein guter Staatsanwalt. Meine Stimme hätten Sie auf jeden Fall ..."

Joe hielt inne. Er hatte es geschafft. Er hatte Benson für sich gewonnen. Und dazu hatte es nicht einmal eine vorgetäuschte Verlobung gebraucht. Joe hatte lediglich aus tiefster Seele über eines seiner Lieblingsprojekte sprechen müssen: die Betreuung von Pflegekindern.

„Es ist nur ... Ihre Seelenverwandte ... Ich weiß nicht, ob sie das Zeug zur Staatsanwalts-Ehefrau hat."

Joes Schultern sackten bei Bensons Worten nach unten. Aber sein Herz weigerte sich aufzugeben. Zu sehr wurde es durch Foxys erwiderte Zuneigung gestärkt. Es sah so aus, als stünde er wieder am Anfang, denn er würde auf keinen Fall seine Seelenverwandte für seinen Traumjob aufgeben.

„Sie haben recht", gab Joe zu. „Foxy hat definitiv nicht das Zeug zur Staatsanwalts-Ehefrau. Aber sie sorgt sich um diese Kinder genauso sehr wie ich. Wahrscheinlich sogar noch mehr, weil sie mit Kindern arbeiten will, die die größten Probleme haben, und zwar als Betreuerin in gehobener Position. Mit ihr an meiner Seite kann ich mich dafür einsetzen, dass Kinderheime die Mittel und das Personal erhalten, die sie benötigen, um sich um diese Kinder zu kümmern."

Joes Herz pochte laut in seiner Brust. Er war sich nicht sicher, ob es der Verlust seines Traumjobs war oder das Adrenalin, das durch seine Adern raste, da er sich für seine Traumfrau einsetzte. Als er Benson und Ms. Monroe ansah, wurde er Zeuge einer stummen Kommunikation zwischen den beiden.

Schließlich wandte sich Benson wieder an Joe. Er hielt ihm die Hand hin. „Ich glaube Ihnen. Und ich glaube, dass Sie der perfekte Mann für diesen Job sind."

KAPITEL SECHZEHN

Kapitel Sechzehn

Als sie die Autotüren hinter sich geschlossen hatten und endlich allein waren, ergriffen Foxy und Joe die Hände des jeweils anderen. Foxy war sich nicht sicher, ob Joe sie zuerst berührt hatte oder sie ihn. Sie verschränkte die Finger ihrer linken Hand mit denen von Joes rechter Hand. Joe wiederum drückte seine linke Handfläche gegen Foxys rechte, sodass kein Blatt mehr dazwischen passte.

So hielten sie einander fest. Beide brauchten eindeutig den körperlichen Kontakt. War es das Leben in einer nicht gerade berührungsreichen Pflegefamilie, das dieses Bedürfnis geweckt hatte? Waren es die Flammen der neu entfachten Liebe, die immer noch hell um sie herum loderten? War das überhaupt wichtig?

Foxy drehte den Kopf zu Joe. Er schaute liebevoll auf sie herab. Sein Gesicht war ihr so vertraut, war ihr so lieb. Joe sah sie an, als wäre sie ein Schatz, den er gerade ausgegraben hatte. Hatte er sie schon immer so angeschaut?

Wie hatte sie diese eindeutigen Zeichen der Verehrung übersehen können? Wie hatte sie nicht erkennen können, dass dies der Mann war, mit dem sie den Rest ihres Lebens verbringen sollte?

„Es ist so gut wie beschlossen", sagte Joe.

„Ja, das ist es wohl."

Vorbei war es mit der beruhigenden Sicherheit, die sie in Joes Gegenwart immer umgab. An seine Stelle trat ein rasendes Verlangen, von dem Foxy nicht wusste, was genau sie damit anfangen sollte. Sie wollte ihn küssen. Sie wollte ihn festhalten. Sie wollte, dass er spürte, wie schnell er ihr Herz schlagen ließ.

„Wir werden es nächste Woche bekannt geben", sagte Joe.

Es bekannt geben? Er hatte sie noch nicht einmal

gebeten, ihn zu heiraten. Sie hatten noch nicht einmal ein Date gehabt.

Aber war das wichtig? Dies war mehr als beschlossen. Es war echt. Es war wahr. Sie waren der Seelenverwandte des jeweils anderen.

Kein Mann hatte ihr je so nahegestanden wie Joe. Keinem Mann hatte sie so sehr vertraut wie ihm. Keinem Mann gehörte ihr Herz.

„Rich wird begeistert sein", sagte Joe, während er mit dem Daumen über ihre Fingerknöchel strich.

„Rich? Dein Wahlkampfleiter? Ich hatte nicht den Eindruck, dass er mich besonders mag."

„Nein", erwiderte Joe und lachte schallend. „Er dachte, du würdest meiner Kampagne schaden."

„Ihr schaden?"

„Mittlerweile ist das egal, denn Kommissionsmitglied Benson hat mir gerade seinen Segen erteilt."

„Benson? Der gruslige alte Mann hat seinen Segen für unsere Verlobung erteilt?"

Joe blinzelte, und dabei löste sich der Schleier des Verlangens aus seinen Augen ein wenig. „Verlobung?"

Die Klarheit in Joes Blick verwirrte Foxy. „Joe, wovon sprichst du?"

„Meine Ernennung zum Staatsanwalt. Benson

war der letzte Bremser. Nachdem er mich heute kennengelernt hat, hat er mich befürwortet."

„Oh." Foxy ließ seine Hand los.

Joe ließ sie nicht los. Stattdessen hielt er sie fest und zog eine Augenbraue hoch. „Verlobung?"

„Es war ein Missverständnis." Foxy versuchte erneut, ihre Hand wegzuziehen.

Joe wollte sie nicht loslassen. Er ergriff ihre beiden Hände und drehte sie, bis seine Handflächen ihre Handrücken berührten. Dann drückte er Foxys Hände auf seine Brust, genau an die Stelle, wo sein Herz schlug.

„Ich verstehe sehr gut, was du damit meinst", sagte er. „Ich werde dich heiraten."

Tränen stachen Foxy in die Augen. Sie schloss die Lider, aber das hielt sie nicht auf. „Selbst wenn ich deiner Karriere schaden könnte?"

Joe drückte seine Hände auf Foxys, bis ihre Finger mit jedem Schlag seines pochenden Herzens zuckten. „Das gehört dir. Schon seit wir Kinder waren. Ohne dich wird es nicht schlagen. Die wahre Gefahr, die einzige Gefahr für mein Leben, besteht darin, dich nicht darin zu haben."

Foxy stieß einen langen Seufzer aus und bemerkte erst jetzt, dass sie den Atem angehalten hatte. Joe fing die Träne auf, die aus einem ihrer

Augen gekullert war. Bevor die nächste fallen konnte, waren seine Lippen auf ihrer Schläfe. Er fing diese Träne auf und auch die folgenden. Dann war sein Mund auf ihrem. Foxy hätte eigentlich das Salz ihrer Tränen schmecken sollen. Stattdessen kostete sie eine warme Süße, als Joe seine Lippen auf ihre drückte.

Als er sich zurückzog, schwebte Foxy. Sie hatte nicht gewusst, dass ein solches Glück überhaupt möglich war. Warum also zog sich ihr Magen immer noch vor Angst zusammen?

Als Foxy aus dem Beifahrerfenster schaute, sah sie eine kleine Gestalt in der Tür des Hauses stehen. Darias Lippen zitterten, als sie die beiden ansah. Dann wurde eine Hand ausgestreckt, und Ms. Monroe zog das Kind hinein und schloss die Tür.

„Es tut mir leid, dass wir sie noch nicht mitnehmen können“, sagte Joe. „Du hast gesehen, dass es ihr gut geht.“

Daria ging es körperlich gut. Die Adoptionspapiere waren ausgefüllt und versandt. Sie würde bald wieder auf der Ranch sein.

All diese Tatsachen änderten nichts an Foxys Gefühlen. Das kalte Kribbeln war immer noch da, wenngleich gedämpft.

„Sie glaubt, man würde versuchen, sie krank zu machen", sagte Foxy.

„Sie glaubt, dass man versucht, sie zu vergiften?"

„Nein. Sie glaubt, man würde versuchen, sie verrückt zu machen. Sie sagte, sie habe gehört, wie Benson und Ms. Monroe über Behinderungen gesprochen haben."

„Ja, Ms. Monroe sagte, dass viele Kinder im Heim körperliche und geistige Behinderungen hätten."

„Daria sagte, sie wollten sie körperlich oder geistig behindert machen."

„Wie alt ist sie noch mal? Sieben? Ich bin sicher, sie hat das missverstanden. Tatsächlich versucht das Kinderheim, mehr Medikament für die Kinder bereitzustellen, um ihnen besser zu helfen."

Foxy wusste, dass er recht hatte. Es war die einzig logische Erklärung. Niemand konnte einem Kind eine Behinderung verpassen.

„Trotzdem", sagte sie, „hatte ich dort irgendwie ein komisches Gefühl."

„Es ist nicht perfekt, aber man gibt sich große Mühe. Ich glaube, mit mehr Mitteln könnte man es für die Kinder angenehmer gestalten."

Das hörte sich gut an. Aber das ungute Gefühl nagte immer noch an ihr.

„Fox, du kannst dich nicht immer auf dein

Gefühl verlassen. Du hast selbst einmal gesagt, dass du eine fünfzigprozentige Genauigkeit hast."

„Nicht, wenn es um eine Gefahr geht. Findest du nicht, dass Benson etwas Seltsames an sich hatte?"

„Foxy, du kannst Leute nicht einfach wegen Blähungen in deinem Darm verunglimpfen."

Bei Joes Worten drehte sich ihr der Magen um. Sie ballte ihre Finger an seiner Brust zu Fäusten.

„Tu das nicht! Zieh dich nicht zurück!" Joe hielt ihre Hände fest. Er neigte den Kopf und seufzte, bevor er fortfuhr: „Es tut mir leid. Es war nicht richtig von mir, es so auszudrücken. Ich glaube dir. Ich glaube an deine Fähigkeiten. Aber, Liebling, wir können nicht jedem deiner Gefühl nachgehen, vor allem dann nicht, wenn Leben auf dem Spiel stehen. Als Bundesstaatsanwalt kann ich etwas bewirken. Ich werde auf jeden Fall etwas bewirken, aber zuerst muss ich den Job erhalten."

Foxy wusste, dass Joe etwas bewirken würde. Er tat immer das Richtige. Joe würde immer sein Bestes geben, wenn etwas nicht in Ordnung war. Er war mit ihr gekommen und hatte nachgeforscht, und sie hatten nichts Ungewöhnliches entdeckt. Dies musste einer der Fälle sein, in denen ihr Bauchgefühl falsch lag.

Joe küsste ihre Fingerknöchel, bevor er sie

losließ. Dann küsste er sie auf die Stirn und vergewisserte sich, dass sie angeschnallt war. Als er den Motor startete, lehnte Foxy sich zurück und versuchte, das Grummeln in ihrem Bauch zu ignorieren.

apitel Siebzehn

Joe ließ die Schultern wieder sinken. Er drehte seinen Oberkörper leicht, sodass er auf Foxy hinunterblicken konnte. Sie schlief nicht, wie er vermutet hatte, sondern saß regungslos auf dem Beifahrersitz und starrte aus dem Fenster. In den vergangenen zwanzig Minuten hatte sie kein Wort gesagt.

Sie standen jetzt in der Einfahrt der Flying Cross Ranch. Ihre Finger waren immer noch miteinander verschlungen. Er wusste, dass sie nicht den ganzen Tag hier sitzen konnten, auch wenn er es wollte. Aber er wollt auch Foxys Hand nicht loslassen.

Es hatte zu lange gedauert, ihre Hand, ihr Herz

zu erobern. Die kalten Worte, die er zu ihr gesagt hatte, bevor sie das Kinderheim verlassen hatten, hingen noch immer in der Luft zwischen ihnen.

Wenn er sie jetzt losließ, würde sie dann jemals wieder seine Hand nehmen? Sie hielt seine Finger momentan ganz fest und drückte sie. Joe erwiderte die Berührung und wollte sie nie wieder missen.

„Foxy …"

Joes Satz wurde unterbrochen, als sie sich zu ihm umdrehte. Ihm stockte der Atem, als ihre hellen Augen ihn anfunkelten. Die goldenen Flecken, die immer darin zu sehen waren, wirkten verschwommen.

Hatte er das getan? Hatte er sie mit seinen Worten so tief getroffen, dass er ihren Glanz getrübt hatte? Wenn sein Traumberuf bedeutete, einen Schatten auf seine Traumfrau zu werfen, würde es keine Karriere für ihn geben.

„Fox, es tut mir leid."

„Ich weiß." Foxy schlang ihre Finger fester um seine. Sie führte Joes Hand an ihre Lippen und küsste sanft seinen Handrücken. „Du musst dich für heute Abend fertig machen."

Das war nicht das, was Joe hatte sagen wollen. Es stimmte, dass er sich auf diesen Abend vorbereiten musste. Um sich auf die Ankündigung vorzubereiten, dass er seinen Hut in den Ring warf, um Staatsanwalt zu werden.

Aber war diese Ankündigung überhaupt notwendig, wo er doch jetzt das Einverständnis aller Kommissionsmitglieder hatte? Joe wollte nicht auf eine Party gehen, um mit Leuten zu reden. Er wollte im Auto bleiben, in diesem kleinen Kokon, den er und Foxy geschaffen hatten.

„Du hattest recht", sagte Foxy. „Wenn du erst einmal diese Machtposition innehast, wirst du mehr für diese Kinder und für die ganze Gemeinde tun können als jeder andere. Du bist der perfekte Mann für diesen Job, Joe. Und ich bin so stolz auf dich."

Das Funkeln in ihren Augen war wieder da. Die goldenen Pünktchen blitzten ihn an und wärmten Joe. Er zog Foxy an sich, drückte ihr Gesicht an seinen Hals und zog ihre Brust an seine, bis er spürte, wie ihr Herz im Takt mit seinem schlug.

„Möchtest du mitkommen?", fragte er.

„Bist du sicher, dass du mich dort haben willst?", fragte sie. „Vielleicht sollten wir unsere Beziehung geheim halten, bis du die Stelle bekommen hast."

Joe zog sich zurück, um ihr ins Gesicht zu sehen. Dort fand er, was er befürchtet hatte. Foxy meinte es ernst.

„Wir gehören zusammen, Foxy. Sie können mich nicht ohne dich haben."

Foxy strich mit ihrem Zeigefinger über Joes Unterlippe. „Dann werde ich versuchen, still zu sein. Und nicht über mein Bauchgefühl zu reden, falls ich etwas spüre."

Joe öffnete den Mund, um zu widersprechen. Aber er presste sofort die Lippen zusammen, um keine Gefühle aufkommen zu lassen. Es wäre besser, wenn sie heute Abend nichts mehr sagen würde. Nur heute Abend. Nur bei diesen Leuten. Alles weitere würden sie herausfinden, wenn es so weit war.

Joe hob ihre verschränkten Hände und drückte seine Lippen auf Foxys Knöchel. Er küsste jeden einzelnen nacheinander. Als sie sich zurückzog, um aus dem Auto zu steigen, ließ er sie los.

Joe sah zu, wie Foxy von ihm wegging. Er blieb sitzen und verfolgte jeden ihrer Schritte, bis sie hinter der Tür des Gästehauses verschwunden war. Schließlich stieg auch er aus dem Auto.

„Es ist also endlich passiert."

Joe sah zu seinem Vater hinüber, der an der Veranda lehnte. Haran Matthews hielt ein Glas mit hellbrauner Flüssigkeit in einer Hand. Kondenswasser rann an seinen Fingern hinunter, als er in der Nachmittagssonne an seinem Tee nippte.

„Du wusstest es?", sagte Joe.

„Alle wussten es", erwiderte Pater Matthews. „Außer Foxy natürlich."

Die beiden Matthews-Männer blickten zum Gästehaus. Aus dieser Entfernung sah Joe, wie sich Foxys Schatten hinter dem verhängten Fenster bewegte. Er hasste diese kurze Distanz zwischen ihnen und wollte zu ihr gehen. Sie wieder umarmen, ihre vollen Lippen küssen. Oder einfach nur ihre Hand halten.

„Ihr beide schlaft erst dann im selben Zimmer, wenn ihr das Ehegelübde abgelegt habt."

„Ja, Sir." Joe seufzte. Dann folgte ein Lachen. „Ich habe es geschafft, Dad. Der Job des Bundesstaatsanwalts gehört mir."

Vater Matthews legte den Kopf schief und betrachtete seinen Sohn. Er stellte sein leeres Teeglas auf das Geländer und breitete die Arme aus. Joe fühlte sich wie ein Schuljunge, als er sich von seinem Vater umarmen ließ.

„Ich bin stolz auf dich, mein Junge. Du hast hart gearbeitet, und all deine Träume gehen in Erfüllung." Vater Matthews wich zurück und betrachtete seinen Sohn. „Warum siehst du dann nicht erfreut aus?"

„Ich bin erfreut", widersprach Joe. „Es ist nur … Ich habe einen Jungen im Kinderheim kennengelernt. Er hätte ich sein können, wenn ich dich nicht gehabt hätte. Er hat seine Eltern im Irakkrieg verloren. Er will aufs College gehen, hat aber nicht die Mittel dazu."

„Wenn seine Eltern gedient haben, hat er doch Anspruch auf Zahlungen des Militärs, oder?"

„Er wusste nicht einmal etwas davon. Ich möchte ein Programm auf die Beine stellen, das sicherstellt, dass die Kinder in Pflegefamilien über ihre Leistungen Bescheid wissen."

„Er sollte ja auch Hinterbliebenenleistungen erhalten."

„Ich glaube nicht, dass er auch davon etwas wusste."

„Das Personal im Heim wird es wissen", sagte Vater Matthews. „Obwohl deine Mutter und ich darum kämpfen mussten, deine zu erhalten."

„Ihr musstet gegen Bright Horizons kämpfen, um meine Leistungen zu erhalten?"

„Nein, gegen deine Großeltern mütterlicherseits. Sie haben versucht, das, was deine leibliche Mutter dir hinterlassen hat, für sich zu behalten. Sie haben sich das Geld von deinem Vater und deiner Mutter unter den Nagel gerissen, während du in einer Pflegefamilie warst."

„Das hast du mir nie erzählt."

„Du warst noch ein Kind. Als dein Vormund habe ich getan, was nötig war, um mich um dich zu kümmern und sicherzustellen, dass du die besten Chancen im Leben hast."

Joe hielt sich an der Schulter seines Vaters fest. Wenn dieser Mann nicht gewesen wäre, hätte er im Leben kaum eine Chance gehabt. „Ich wünschte, es gäbe mehr Leute wie dich, Dad."

„Die gibt es", erwiderte sein Vater. „Die James-Frauen werden die Welt retten, ein Pflegekind nach dem anderen."

Joe folgte dem Blick seines Vaters auf die Ostseite der Ranch. Savy war im Garten mit den vier Pflegekindern, die sie derzeit betreute. Sie warf den Kopf zurück und lachte über etwas, das eines der Kinder gesagt hatte. Alle, selbst der säuerlich aussehende Denny, lachten und grinsten. Diese Kinder hatten Glück. Sie hätten niemanden finden können, der sich besser um sie kümmerte, der mehr für ihre Zukunft kämpfte als Savy und Foxy James.

„Bevor ich es vergesse", Vater Matthews zog einen Umschlag hervor, „das ist für Foxy gekommen, während ihr weg wart."

Auf dem Umschlag stand die Adresse der Anwaltskanzlei von Charlotte O'Dell. „Was ist das?"

„Ich glaube, es ist ein Empfehlungsschreiben der Anwältin für Familienrecht, die Foxy vor ein paar Jahren geholfen hat. Es war Ms. O'Dells Vater, der uns geholfen hat, als wir mit deinen Großeltern um deine Zahlungen gekämpft haben. Soweit ich weiß, kämpft Ms. O'Dell immer noch für Pflegekinder und dafür, dass sie vom Staat unterstützt werden."

„Vom Staat?"

Joe erinnerte sich an seine Verabredung zum Mittagessen mit Charlotte am vorherigen Tag. Sie hatte etwas über staatliche Leistungen gesagt. Joe hatte nicht weiter darüber nachgedacht – bis jetzt. Eine leichte Brise wehte und kitzelte Joes Nacken. In seinem Magen begann es zu brodeln und zu grummeln, als ob er Hunger hätte. Aber Essen war das Letzte, woran Joe dachte. Eine Kälte machte sich in ihm breit, ein Gefühl, das er nicht wegdrücken konnte.

KAPITEL ACHTZEHN

Kapitel Achtzehn

Die Dusche tat Foxy nicht so gut, wie sie gehofft hatte. Sie wusch den Schmutz und den Dreck der vergangenen zwei Tage ab, aber das nagende Gefühl in ihrem Magen verschwand nicht.

Etwas stimmte nicht.

Foxy holte tief Luft und stieß sie dann langsam wieder aus. Dann noch einmal und noch einmal. Langsam wich das kalte, quälende Gefühl. Was an seine Stelle trat, war die warme, beruhigende Liebe, die sie für Joe empfand.

Diese Liebe war immer da gewesen. Foxy hatte sich nur nicht die Zeit genommen, sie genauer zu betrachten. Sie war immer so sehr damit beschäftigt gewesen, was im Leben anderer Leute vor sich ging, dass sie beinahe die Liebe ihres Lebens verpasst hätte.

Diese Art zu denken, diese Art zu fühlen, war vorbei. Von nun an wollte Foxy ihre Nase – und ihren Bauch – aus den Angelegenheiten anderer Leute heraushalten und sich auf ihr eigenes Leben konzentrieren. Sie wollte die Frau des Bundesstaatsanwalts werden. Das wäre eine große Sache. Wahrscheinlich die größte Rolle, die sie je spielen würde.

Sie hatte eine Rolle spielen müssen, als sie mit ihrer Mutter und ihren Schwestern als Sängerin aufgetreten war. Foxy mochte die Welt der Show und des Scheins nicht. Es hatte sie zu sehr von ihren natürlichen Schwingungen entfernt.

Für Joe würde sie diese Rolle jedoch spielen. Er war ihr Seelenverwandter. Sie würde alles sein, was er von ihr verlangte. Allerdings keine Frau, die herumlief und sich von ihrem Bauchgefühl leiten ließ.

Foxy drehte den Kopf in Richtung Tür. Aber im letzten Moment schloss sie den Mund und schaute in die andere Richtung. Die Tür ging auf, und Savy kam herein.

„Was ist los?“, fragte Savy. „Hast du mich nicht kommen hören?“

„Hey, Schwesterherz.“

„Das Auto ist wieder da, und es wurde repariert. Danke dafür.“

„Das ist gut.“ Auch wenn es nicht Foxy gewesen war. Wahrscheinlich war es Joe gewesen, der die Reparatur veranlasst hatte. Wie damals, als sie Kinder gewesen waren, passte er auch jetzt auf sie auf und sah ihre Bedürfnisse voraus.

„Du und Joe habt also die Nacht zusammen verbracht.“ Savy ließ sich auf das Sofa plumpsen und schaute zu ihrer Schwester hoch. „Wie ist das gelaufen?“

Ein Lächeln breitete sich auf Foxys Gesicht aus, als sie daran dachte, wie sie in Joes Armen aufgewacht war. Und dann war da dieser erste Kuss gewesen. Nun, eigentlich der zweite Kuss. Bald würde sie für den Rest ihres Lebens jeden Morgen auf diese Weise aufwachen.

„Wirklich!“, rief Savy. „Hat er endlich zugeschlagen?“

„Was meinst du damit, dass er *endlich* zugeschlagen hat? Wusstest du von dem Kuss?“

„Er hat dich gestern Abend geküsst?“

„Nicht dieser Kuss. Der von vor zehn Jahren.“

„Vor zehn Jahren? Als du vierzehn warst? Ich bringe ihn um!"

„Das wirst du nicht! Du und Charlie, ihr hattet in dem Alter das Gleiche vor."

„Ihr beide schlaft nicht zusammen in diesem Gästehaus, ohne dass ein Ehegelübde ausgesprochen wurde!"

Foxy verdrehte die Augen. Dann flog sie ihrer Schwester in die Arme. „Er ist es, Sav! Er ist der Richtige! Er ist der Mann, von dem ich all die Jahre geträumt habe. Aber es war kein Traum. Es war eine Erinnerung. Ich habe das alles vergessen. Was für eine Hellseherin bin ich denn?"

„Du bist keine Hellseherin."

„Nein, es ist noch schlimmer." Foxy knetete ihre Hände, während sie auf und ab ging. „Mein ganzes Leben lang hatte ich all diese Gefühle. Und jetzt ist mir klar geworden, dass ich die Hälfte der Zeit nicht einmal wusste, was sie bedeuten. Wie konnte ich ihn übersehen, wo er doch so lange direkt vor mir stand? Er hat mich sogar geküsst, und ich habe es nicht gesehen."

„Jetzt hast du ihn." Savy stand auf und hielt ihre Schwester auf, um sie zu umarmen. „Und er hat dich. Das ist das Wichtigste."

„Ja." Foxy schniefte in die Schulter ihrer großen

Schwester. „Ja, das tue ich, und ich werde nicht mehr auf mein Bauchgefühl achten."

„Was?", fragte Savy und wich zurück.

Anstatt ihrer Schwester zu antworten, drehte sich Foxy eine Sekunde, bevor es klopfte, zur Tür. Das musste er sein. Joe.

Vielleicht war er für einen weiteren Kuss gekommen. Vielleicht war er auch nur gekommen, um ihr nahe zu sein. Es spielte keine Rolle, warum. Foxy wollte einfach nur in seiner Gegenwart sein. Aber als sie die Tür öffnete, war es nicht Joe.

„Geht es ihr gut?", fragte Denny.

„Ja, Denny. Daria geht es gut. Sie hat Ärger bekommen aufgrund ihrer ganzen Superhelden-Tricks und der Spionage-Versuche, aber sie ist nicht verletzt."

„Sie sagten, Sie hätten da ein Gefühl", erwiderte Denny. Die Besorgnis in der Stimme des Jungen war spürbar.

Foxy biss sich auf die Lippe. Es gefiel ihr nicht, dass ihr Bauchgefühl den Jungen beunruhigt hatte. „Das habe ich. Aber es geht ihr gut. Sie wird bald wieder bei uns sein. Da bin ich mir sicher."

„Weil Sie ein anderes Gefühl haben?" Dennys Ton war bissig, anklagend.

„Das ist genug, Denny!", sagte Savy. „Geh und erledige deine Aufgaben!"

Denny warf den beiden einen finsteren Blick zu, als er die Treppe des Gästehauses hinunterging. Das Grummeln in Foxys Magen verwandelte sich wieder in einen Schwarm wütender Bienen. Sie holte tief Luft. Und dann noch einmal. Diesmal blieb das Gefühl bestehen.

Sie dachte an Joe und ließ ein Bild seines schönen Gesichts vor ihrem geistigen Auge auftauchen. Aber die Vision war verschwommen.

„Denny hat recht", sagte Foxy. „Ich muss Daria helfen. Und das kann ich nur, wenn ich diese Zertifizierung erhalte."

„Ich dachte, du würdest die beiden Briefe bekommen", sagte Savy.

„Das dachte ich auch. Aber ich habe der Frau, die sich bereit erklärt hat, das zweite Empfehlungsschreiben zu verfassen, irgendwie den Mann gestohlen. Wenn sie das erfährt, wird sie wohl kaum etwas Positives über mich sagen."

„Wohin gehst du?"

„In die Stadt, damit ich um ein weiteres Empfehlungsschreiben bitten kann."

Foxy schnappte sich die Schlüssel für den Wagen und verließ das Gästehaus. Die Fahrt in die Stadt verging wie im Flug. Ihr Verstand war viel zu sehr darauf konzentriert, das Grummeln in ihrem Bauch zu beruhigen. Aber je mehr sie es unterdrückte, desto lauter wurde es in ihrem Kopf.

Als sie auf den Parkplatz von *Ramos's Deli and Café* fuhr, stellte Foxy den Wagen ab und stieg aus. Das Kribbeln in ihrem Magen fühlte sich eher wie Bauchschmerzen an als irgendein hellseherisches Gefühl, das sie jemals zuvor gehabt hatte. Das war der einzige Weg, den sie kannte, um das Problem mit Daria zu lösen.

Sie wollte ins Restaurant marschieren und Travis dazu bringen, ihr ein Empfehlungsschreiben zu geben. Der Parkplatz war gerammelt voll. Vor ein paar Jahren, als sie hier gearbeitet hatte, war das noch nicht so gewesen. Die Besucherzahlen im *Ramos's* hatten zugenommen, seit sie dort gearbeitet und unaufgefordert Ratschläge und Prognosen abgegeben hatte. Die Kunden kamen vielleicht wegen der übersinnlichen Kellnerin, aber sie blieben wegen des Essens. Travis verdankte ihr einen Teil seines Erfolges, und sie würde nicht wieder ohne diesen Brief gehen.

Foxy marschierte auf die Tür des Restaurants zu. Doch etwas nagte an ihr und ließ sie innehalten. Ein leichter Wind wehte ihr über die Schultern, und die

Härchen in ihrem Nacken stellten sich auf. Sie schaute nach links, und was sie sah, brachte beinahe ihr Herz zum Stehen.

Joe stand vor der Tür der Anwaltskanzlei von Charlotte O'Dell. Charlotte stand in der Tür, ein breites, kokettes Lächeln im Gesicht. Sie beugte sich vor und küsste Joe auf die Wange. Er wich nicht zurück. Er folgte ihr ins Büro, als sie ihn hineinwinkte.

Die ganze Szene ließ Foxy kalt und gefühllos zurück. Das hatte sie nicht kommen sehen.

apitel Neunzehn

„Danke, dass Sie mich empfangen, Ms. O'Dell."

„Ms. O'Dell? Ich finde, da wir miteinander ausgehen, Captain Matthews, sollten wir uns beim Vornamen nennen." Charlotte drückte ihre Hand auf Joes Brust und beugte sich vor, um ihn auf die Wange zu küssen. Als er bei ihrer Berührung zusammenzuckte, wurde ihr Lächeln schwächer, und sie trat zurück. „Es sei denn, wir treffen uns nicht mehr."

Joe atmete tief ein. Er ließ die Luft mit einer Entschuldigung ausströmen. „Es tut mir leid, Charlotte."

Sie winkte ihn in das Gebäude. Joe folgte ihr und bereitete sich auf das vor, was kommen würde. Er hasste Trennungen, deshalb hatte er es die meiste Zeit seines erwachsenen Lebens vermieden, sich mit Frauen zu verabreden. Egal wie perfekt Charlotte für ihn zu sein schien, sie konnte niemals Foxy sein.

„Sagen Sie mir bitte, was ich falsch gemacht habe", hob Charlotte an, als sie in ihrem Büro waren und die Tür geschlossen war. „Ist es mein hochkarätiger Job? Sind es die zehn Zentimeter hohen Absätze? Ich bin immer größer als die Männer, mit denen ich ausgehe, aber meine hohen Fußgewölbe können keine flachen Schuhe vertragen. Trotz meiner Stilettos sind Sie immer noch gut einen Zentimeter größer als ich."

„Charlotte." Joe hob eine Hand, um ihre Tirade zu stoppen. „Es ist nichts dergleichen. Sie sind großartig. Sie sind perfekt."

„Ich kann nicht perfekt sein, wenn Sie mich abservieren."

„Es liegt nicht an Ihnen, sondern an mir."

Charlotte machte ein spöttisches Geräusch.

„Eigentlich ist es jemand anderes."

„Das ergibt keinen Sinn, Captain Matthews."

„Ich war schon in eine andere Frau verliebt, bevor ich Sie kennengelernt habe."

„Lassen Sie mich raten, sie hat gemerkt, was sie verpasst hat, als Sie angefangen haben, mit mir auszugehen?“

„Nein, sie hat sich nicht einmal daran erinnert, dass da etwas zwischen uns war. Sie hat mich sogar ermutigt, mit Ihnen auszugehen. Bis sie eine Vision von unserem ersten Kuss als Kinder hatte und dann erkannte, dass ich ihr Seelenverwandter bin und …“

„Das ist das unsinnigste Gespräch, das ich je in meinem Leben geführt habe!“, rief Charlotte aus.

Sie sah Joe an, als ob er verrückt wäre. Denn die Worte, die aus seinem Mund gekommen waren, waren verrückt. Hätte er mit Foxy gesprochen, hätten die Worte völlig Sinn ergeben. Dieser Gedanke brachte Joe zum Grinsen.

„Nein, ich nehme das zurück“, sagte Charlotte. „Ich hatte schon verrücktere Unterhaltungen mit Ihrer Freundin Foxy.“

Die Verzweiflung, verlassen worden zu sein, verschwand aus Charlottes Gesicht und wurde durch Misstrauen ersetzt. Joe wechselte schnell das Thema, bevor die strategische Vernunft der Anwältin zu sehr auf Foxy abzielte.

„Macht nichts“, sagte Joe. „Deswegen bin ich nicht hier.“

„Sie machen also mit mir Schluss und sind außerdem hier, um nach etwas anderem zu fragen?“

„Es ist beruflich bedingt. Sie praktizieren Familienrecht. Sie helfen Pflegekindern. Darf ich fragen, welcher Art Ihre Arbeit mit den Kindern ist?“

„Sie wissen, dass ich das Anwaltsgeheimnis nicht verletzen darf.“ Charlotte verschränkte die Arme vor der Brust. Das war ein Zug, den Joe schon oft gemacht hatte. Sie war jetzt im vollen Anwalts-Modus.

„Ich bitte Sie nicht darum, etwas preiszugeben, was nicht öffentlich bekannt ist. Ich bin mir nur nicht sicher, wonach ich suchen soll. Ich war vorhin im staatlichen Kinderheim, und eines der Kinder hat etwas gesagt, das mich einfach nicht mehr loslässt.“

Charlotte lehnte sich ein wenig vor. „Was hat es gesagt?“

„Dass es etwas nicht wusste. Der Junge war das Kind eines Soldaten. Aber er wusste nicht, dass er als Hinterbliebener von Militärangehörigen Zugang Zahlungen hat. Und als ich versuchte, ihm mehr Informationen zu geben, verwies mich die Verwalterin aus dem Zimmer.“

„Ich verstehe.“ Charlotte lehnte sich wieder zurück und löste ihre verschränkten Arme. Sie tippte mit dem Zeigefinger gegen ihre Unterlippe und betrachtete Joe.

„Was denken Sie?", fragte Joe.

Charlotte tippte weiter gegen ihre Unterlippe und starrte ihn an. Noch vor wenigen Minuten hatte sie ihn mit dem Vertrauen angesehen, das sich einstellte, wenn jemand glaubte, seinen Lebenspartner gefunden zu haben. Jetzt sah sie ihn an, als sei er ein Gegner.

„Charlotte, ich möchte diesen Kindern helfen. Wenn Sie etwas wissen, was mir helfen könnte, dann bitte …"

„Sie sollten sich das Marshall-Projekt ansehen."

„Was wird mir dieser Fall sagen?"

„Es ist kein Einzelfall. Es ist eine landesweite Untersuchung."

„Eine Untersuchung wovon?"

„Ich glaube, Sie ahnen es bereits."

Joe schürzte die Lippen. Er tippte mit dem Zeigefinger auf die hölzerne Armlehne des Stuhls, auf dem er saß. Er wollte nicht aussprechen, was sich in seinem Kopf über die Geschehnisse in dem Heim abspielte. Als Charlotte es für ihn laut aussprach, war es auch nicht besser.

„Sie wissen, dass es schlechte Pflegeeltern gibt, die die Leistungen der Kinder kassieren."

Joe nickte. Seine eigenen Großeltern mütterlicherseits hatten das mit ihm gemacht. „Aber dieses Kind hat keine Angehörigen, soweit ich weiß."

Charlotte erwiderte nichts darauf, sondern wartete, dass er aussprach, was er nicht wahrhaben wollte.

„Es ist der Staat, nicht wahr?" Joe brauchte Charlottes Bestätigung nicht. Es passte alles zusammen. Vor allem, wenn er sich daran erinnerte, wie Ms. Monroe ihm von der Hinterbliebenenrenten vorgeschwärmt hatte. Es war immer noch eine bittere Pille, die er schlucken musste, dass eine staatliche Behörde Kindern Geld wegnehmen würde. „Das kann nicht legal sein."

„Es ist nicht illegal", entgegnete Charlotte. „Es ist unethisch. Es ist geradezu dreckig, aber sie verstoßen nicht gegen das Gesetz. Sie sagen, dass das Geld zur Finanzierung der Pflege verwendet wird. Ich habe sogar Beweise dafür gefunden, dass sie die Schul- und Gesundheitsakten dieser Kinder durchsehen, um zu sehen, ob sie als geistig behindert eingestuft werden können, damit sie mehr Geld erhalten."

Geistig behindert. Foxy hatte gesagt, dass Daria ihr das erzählt hätte. Foxy hatte recht gehabt. Ihre

Hellfühligkeit hatte eine riesige Verschwörung aufgedeckt.

„Das Marshall-Projekt hat mindestens sechsunddreißig Staaten ausfindig gemacht, in denen staatliche Pflegeeltern diese Praxis anwenden, um die Leistungen für Kinder zu kassieren – einschließlich Hinterbliebenenleistungen, Veteranenleistungen und Sozialversicherungsleistungen. Sie scheffeln jedes Jahr Millionen."

„Aber Kinderheime werden durch Steuergelder und Bundes- und Landeszuschüsse finanziert", gab Joe zu bedenken, der mit seinem Verstand einen letzten Versuch der Verleugnung unternahm.

„Sie sagen, dass sie die Gelder verwenden, um die täglichen Ausgaben der Kinder wie Unterkunft und Essen zu bezahlen, anstatt ihnen nur Bargeld zu geben. Meine Anwaltskanzlei ist an einer Sammelklage in dieser Angelegenheit beteiligt."

„Sammelklage? Wer sind die Angeklagten?"

„Der Bezirk und der Staat. Das war einer der Wege, wie sie versuchten, mehr Mittel für die Kinderbetreuung zu erhalten. Indem sie die Kinder für diesen öffentlichen Dienst bezahlen ließen."

Das schlangenhafte Grinsen von Kommissionsmitglied Benson tauchte vor Joes geistigem Auge

auf. Er hatte erwähnt, dass sie mehr Mittel benötig-
ten. Wollte er sie auf diese Weise beschaffen?

„Da Sie der nächste Staatsanwalt dieses Bezirks
werden sollen, werden Sie den Staat in dieser Angelegenheit vertreten."

KAPITEL ZWANZIG

apitel Zwanzig

Foxy presste die Hände auf ihrem Schoß zusammen. Ihre Fingerspitzen fühlten sich kalt an. Sie rieb sie an ihrem Knie und legte sie schließlich auf die Konsole zwischen Fahrer- und Beifahrersitz. Joe griff nicht nach ihrer Hand, um sie mit seiner Wärme zu bedecken.

„Ist alles in Ordnung?", fragte Foxy.

„Hm?" Joes Blick war nach vorne gerichtet. Seine Hände waren auf zehn und zwei, ganz der verantwortungsbewusste Fahrer. „Ja, natürlich."

„Du scheinst abgelenkt zu sein."

„Es ist ein wichtiger Abend. Dies wird eine große Ankündigung sein, die unser Leben verändern wird."

Er hatte *unser* Leben gesagt und nicht *mein* Leben. Das war immerhin etwas. Wenigstens bezog er sie noch in sein Leben ein. Oder bezog sich das *unser* auf Charlotte O'Dell?

Foxy sollte ihn einfach darauf ansprechen. Ihn fragen, was er heute im Büro dieser Frau gemacht hatte. Ihr Magen war deswegen völlig verknotet. Sie brachte die Worte einfach nicht heraus.

Joe parkte das Auto und kam an ihre Seite, um ihr die Hand zu reichen. In dem Moment, in dem seine Finger ihre berührten, erhielt Foxy einen Wärmeschub, der ihren ganzen Körper durchströmte. Das quälende Gefühl, das sie den ganzen Tag über bedrängt hatte, verflog, und sie spürte nur noch die Liebe, die sie immer für diesen Menschen an ihrer Seite empfunden hatte. Jetzt war ihr so warm, alles war so hell, dass sie nur noch für den Mann brannte, der ihre Fingerspitzen küsste.

Sie war eine Närrin gewesen zu glauben, dass etwas nicht stimmte. Offensichtlich liebte Joe sie immer noch, wenn er ihre Fingerspitzen auf diese Weise küsste. Das zeigte nur, dass ihr Bauchgefühl nicht alles wusste.

„Ich muss dich verlassen", sagte Joe, als sie den

Veranstaltungsort betraten.

„Was?" Foxy packte seine Hand fester. „Nein!"

„Nur für kurze Zeit. Rich wird sich um dich kümmern."

Foxy wollte protestieren, dass sie Rich nicht wollte. Sie wollte niemanden außer Joe. Aber Joe war schon im Begriff zu gehen. Seine Schritte waren lang, sicher und zielstrebig. Seine Richtung würde ihn direkt zu Charlotte O'Dell führen.

Die Frau sah umwerfend aus in ihrem weißen Kleid, das ihrem Teint schmeichelte. Sie machte einen Schritt auf Joe zu. Ihre Beine waren unglaublich lang in ihren zehn Zentimeter hohen Absätzen. Foxy hingegen stakste unbeholfen auf ihren Kitten-Heels umher.

„Sie sind also die Hellseherin, für den er seine Karriere aufgeben wird?"

Foxy drehte sich um und sah Rich hinter ihr stehen. Sie hatte ihn bei ihrer ersten Begegnung kaum eines Blickes gewürdigt, aber sie erinnerte sich an ihn. Er verfügte über das gute Aussehen eines Filmstars, gepaart mit einem Grinsen, das einen Hai in die Flucht schlagen könnte.

„Ich bin keine ..." Sie konnte den Satz nicht zu Ende führen. Die Zweifel an ihren Fähigkeiten waren in den vergangenen Tagen so stark gewachsen, dass Foxy nicht mehr wusste, was sie eigentlich war.

Einerseits wusste sie mit Sicherheit, dass sie und Joe füreinander bestimmt waren. Andererseits aber auch, dass das Zusammensein mit ihm sein Traumleben in Frage stellen würde. Warum verwandelte sich ihr glückliches Leben gerade in einen Albtraum?

„Ich weiß", sagte Rich. „Sie sind keine Hellseherin. Sie sind hell… oder so etwas in der Art. Jemand, der Dinge tief empfindet. Ich will nicht verhehlen, dass ich glaube, dass es Joe schwer fallen wird, in der Politik voranzukommen, wenn er sich für Sie entscheidet. Wenn er bei Charlotte geblieben wäre, hätte er, wie ich schon sagte, in ein paar Jahren freie Bahn zum Amt des Bezirksstaatsanwalts. Vielleicht hätte er sogar die Chance, eines Tages Präsident zu werden."

Foxy ließ den Blick durch den Raum schweifen, bis sie Joe fand. Charlotte war immer noch neben ihm. Sie waren nicht Arm in Arm, aber sie stellte ihn eindeutig wichtigen Leuten vor. Etwas, das Foxy nicht tun konnte, es sei denn, er wollte den besten Tisch in *Ramos' Deli and Café*. Oder gute Plätze in ein paar weiteren Spelunken.

„Momentan ist er nur der Bezirksstaatsanwalt",

sagte Rich. „Ich glaube also nicht, dass Sie hier viel Schaden anrichten können."

Das dunkle, verworrene Gefühl verhärtete sich in Foxys Bauch. Trotz des Ziehens hatte sie das Gefühl, dass Rich sich in diesem Punkt irrte. Das Gefühl erwärmte sich beinahe zu einem Brennen, als sich jemand hinter ihnen räusperte.

„Kommissionsmitglied Benson, schön, Sie zu sehen", sagte Rich und streckte eine Hand zur Begrüßung aus.

Benson ignorierte Richs Hand. Sein Blick war auf Foxy gerichtet. Die Art und Weise, wie der ältere Mann sie ansah, ließ sie sich innerlich und äußerlich schmutzig fühlen.

„Ich habe gehört, Sie lassen sich für die Betreuung von Pflegekindern zertifizieren, Ms. James", sagte er.

„Das stimmt."

„Sie haben heute ein kleines Mädchen im Heim besucht."

„Daria. Ihr Name ist Daria."

„Darf ich davon ausgehen, dass Ihr Interesse an ihr daher rührt, dass sie eine Vorgeschichte mit psychischen Erkrankungen hat?"

„Nein, Daria ist ein gesundes Kind."

„Das glaubt, eine Superheldin zu sein."

„Das tun auch einige Erwachsene und sämtliche Marvel- oder Star Wars-Fans.“

„Ich bin ein DC-Comic-Fan und selbst ein Trekkie“, mischte sich Rich ein. Das haifischartige Grinsen des Mannes verblasste mit einem einzigen Blick von Benson, dessen glasige Augen an die eines Killerwals erinnerten.

„Ms. James“, sagte er und wandte seine Aufmerksamkeit wieder ihr zu. „Sie wissen doch, dass Kinder, die richtig diagnostiziert werden, die zusätzliche Betreuung erhalten, die sie benötigen.“

„Ich verstehe das“, erwiderte Foxy. „Daria sollte nicht in einem staatlichen Kinderheim sein. Sie sollte bei ihrer Familie sein, die sie liebt.“

„Sie hat keine Familie.“

„Ich bin ihre Familie.“

„Oh, jetzt ergibt es Sinn.“ Benson blitzte sie mit seinen scharfen weißen Zähnen an. „Sie glauben, dass Sie übersinnlich seien. Die Kleine glaubt, sie könne fliegen. Offensichtlich haben Sie beide psychische Probleme.“

Foxy öffnete den Mund, um diesen Aussagen zu widersprechen. Dann schloss sie ihn sofort wieder. Im Nachhinein hätte sie gerne behauptet, dass ihre Zurückhaltung von der Sorge um Joes Zukunft herrührte. Aber das wäre eine Lüge gewesen. Was sie stattdessen hatte innehalten lassen, waren die verwirrten Worte eines Kindes.

„Sie versuchen, sie verrückt zu machen!" Das Ziehen in Foxys Bauch hörte auf, und eine unheimliche Ruhe kehrte ein. Eine Ruhe, die sich richtig anfühlte. „Sie sagte, würden versuchen, sie verrückt zu machen."

„Danke, dass Sie bei uns vorbeigekommen sind, Kommissionsmitglied Benson, aber …"

Rich schaffte es nicht, Benson wieder loszuwerden, denn Foxy fuhr fort.

„Sie versuchen, bei Daria eine Geisteskrankheit zu diagnostizieren." Die Säure kochte in Foxys Magen über. Sie hinterließ einen metallischen Geschmack in ihrem Mund, wie das Kupfer eines Cents. „Geld? Sie tun das wegen Geld?"

Wieder einmal versuchte Rich, sich zwischen die beiden zu stellen, vielleicht, um die Wogen zu glätten. Aber diese Gewässer waren von Haien bevölkert, und Foxy hatte einen großen Köder am Haken.

„Wenn Sie wollen, dass Ihr Verlobter Karriere macht", sagte Benson. „Wenn Sie wollen, dass Ihre Zertifizierung abgesegnet wird, dann spielen Sie mit."

Foxy schüttelte den Kopf, und ihr ganzes Wesen strahlte ein warmes Leuchten der Gewissheit aus.

„Was auch immer Sie vorhaben, Joe würde dabei niemals mitmachen."

„Entschuldigen Sie mich." Joes Stimme war im ganzen Raum zu hören. Er stand auf der Bühne an einem Mikrofonständer. An seiner Seite stand Charlotte O'Dell. „Ich habe von diesem Tag geträumt, seit ich ein Kind war."

Stille legte sich über den Raum, als alle darauf warteten, dass Joe Matthews die ihm zuteil gewordene Ehre entgegennahm. Foxy hatte den Drang, zur Bühne zu rennen und ihn von dem gefährlichen Pool wegzuziehen, in den er gerade hineinwaten wollte. Aber etwas in ihrem Bauch sagte ihr, dass sie das nicht tun musste.

„Seit ich als Pflegekind in das System gesteckt wurde", fuhr Joe fort, „wusste ich, dass ich denen helfen will, die sich machtlos fühlen. Der beste Weg, dies zu tun, war das Gesetz. Zumindest dachte ich das. Ich habe stets Logik über Gefühle gestellt, Fakten über Emotionen. Dieses Mal entscheide ich mich für Gefühle und Emotionen."

Joes Blick begegnete Foxys in der Menge, bevor er weitersprach. Und als er es tat, wusste Foxy mit Gewissheit, dass zwischen ihnen jetzt und in Zukunft alles in Ordnung sein würde. Sie spürte es nicht in ihrem Bauch. Sie wusste es in ihrem Herzen.

KAPITEL EINUNDZWANZIG

*K*apitel Einundzwanzig

Joes Zeh stieß gegen das Podium. Der Ruck schickte ein ohrenbetäubendes Feedback durch das Mikrofon. Sein Bauch, sein Herz und sein Kopf zitterten vor Aufregung. Ihm kamen auf einmal Zweifel, und er fragte sich, ob er wirklich auf diese neue Wendung in seinem Leben vorbereitet war.

Er suchte die Menge ab, und sein Herz machte einen freudigen Sprung, als er Foxy sah. Er erblickte sie dort, wo er sie verlassen hatte, bei Rich stehend. Sie lächelte nicht. Sie sah äußerst besorgt aus. Ihr Blick folgte Benson, während dieser davonging.

Joe wollte von der Bühne springen und zu ihr

gehen. Er wollte Benson eine Standpauke halten für das, was er gesagt haben könnte, um Foxy zu verärgern. Aber Joe wusste, dass er das nicht tun musste. Er konnte es an ihren zusammengekniffenen Augen sehen. Foxy hatte den Mann bereits zum Bösewicht deklariert, ohne dass es der schlimmen Fakten bedurft hatte, die Joe zusammengetragen hatte. Weil Foxy auf ihr Bauchgefühl vertraute, sah sie die Dinge klar, wohingegen er Fakten und Zahlen benötigte.

Als ihr Blick seinem begegnete, lächelte sie nicht. Sie sah immer noch besorgt aus. Hatte sie Zweifel an ihm? Glaubte sie, er würde diesen Job annehmen, nachdem er die Fakten erfahren hatte? Wenn ja, dann war Joe im Begriff, seine Haltung in dieser Angelegenheit kristallklar zu machen.

Er wandte seine Aufmerksamkeit wieder dem Mikrofon zu, holte tief Luft und legte mit der Rede los, die seinen Lebensweg für immer verändern sollte.

„Ich habe von diesem Tag geträumt, seit ich ein Kind war", begann er. „Seit ich als Pflegekind in das System gesteckt wurde, wusste ich, dass ich denen helfen will, die sich machtlos fühlen. Der beste Weg, dies zu tun, war das Gesetz. Zumindest dachte ich das. Ich habe stets Logik über Gefühle gestellt,

Fakten über Emotionen. Dieses Mal entscheide ich mich für Gefühle und Emotionen."

Ein unruhiges Raunen ging durch die Menge, als sie versuchte abzuschätzen, wohin diese Rede führen würde. Die Meinung der einzigen Person, die Joe interessierte, war Foxys. Als er sie erneut ansah, erhellte ein seliges Lächeln ihr Gesicht. Ein Lächeln, das sagte: *Ich kenne dich. Ich bin mit dir zusammen. Ich liebe dich.*

Joe vergaß fast, was er in seiner vorbereiteten Rede sagen wollte. Alles, was er wollte, war, das Lächeln auf Foxys Gesicht zu küssen. Noch nicht, aber bald. Nachdem er den ersten Schritt auf dem langen Weg der Arbeit, die er gewählt hatte, getan haben würde.

„Ich werde die Ernennung zum Bezirksstaatsanwalt nicht annehmen. Ich werde eine Privatpraxis eröffnen." Joe winkte Charlotte an seine Seite. „Mit der Hilfe von Charlotte O'Dell als meiner Partnerin werden wir einen Prozess in die Wege leiten, um den Entzug von Hinterbliebenenleistungen für Pflegekinder, Veteranenleistungen und Sozialversicherungsleistungen durch den Bezirk und den Staat zu unterbinden."

Ein Aufschrei ging durch die Menge. Joe ignorierte, was seine Ohren hörten und konzentrierte sich nur auf das, was seine Augen sahen. Seine Foxy sah überhaupt nicht überrascht aus. Natürlich nicht. Denn sie hatte es gewusst.

„So wie meine Familie, meine Freunde und die Liebe meines Lebens mir beigestanden haben, hoffe ich, dass Sie alle mich in diesem Kreuzzug unterstützen werden, um das Richtige für die Schwächsten unter uns zu tun – die Kinder, die keine Eltern haben, an die sie sich wenden können."

Es herrschte einige Sekunden lang fassungsloses Schweigen. Dann folgte ein tosender Applaus. Joe nahm Charlottes Hand in seine und reckte ihre Arme in die Höhe.

Die Menge strömte auf die Bühne. Joe bewegte sich so schnell wie möglich hindurch, die Augen auf Foxy gerichtet, die still dastand und auf ihn wartete. Es gab viele Klapse auf seinen Rücken. Zahlreiche Hände wurden ausgestreckt, um seine zu schütteln.

Als Joe Foxy erreichte, griff er nach ihren Händen. Sie waren warm und vertraut. Er führte sie an seine Lippen und küsste jeden ihrer Finger, bevor er schließlich seine Lippen auf ihre presste.

„Warum hast du mir das nicht gesagt?", fragte sie.

„Ehrlich gesagt kam es mir nicht in den Sinn, dass du es nicht schon wusstest", erwiderte er. „Du hast mir gesagt, dass du spürst, dass etwas nicht stimmt."

„Du hast mir zugehört."

„Aber ich habe nicht daran geglaubt. Diesen Fehler werde ich nicht noch einmal machen."

Foxy schlang die Arme um seinen Hals. „Ich hatte das Gefühl, dass es zwischen uns klappen würde."

Joe zog sie näher an sich heran, bis kein Blatt Papier mehr zwischen sie passte. „Nun, das war der einzig logische Schluss unserer Geschichte."

Er beugte den Kopf zu ihr hinunter und eroberte ihre Lippen. Ihr Kuss entfachte ein Feuer in ihm. Die Flamme brannte so hell, dass Joe einen Moment lang fürchtete, jeder um sie herum könnte sich daran verbrennen, wie sehr er diese Frau liebte. Diese Angst verflog rasch, als die Glut wuchs. Die Liebe, die er und Foxy füreinander empfanden, war jetzt und würde auch in Zukunft eine Kraft für das Gute sein.

EPILOG

Das Klingeln ertönte in einem hohen, schrillen Ton, der die von der Bühne kommende Musik unterbrach. Einige Zuhörer drehten sich um und starrten Will Matthews an. Er zuckte unschuldig mit den Schultern. Es war ja nicht so, dass das Klingeln seines Handys während des Auftritts die Sache noch schlimmer machen würde.

Der Schlagzeuger lag einen Takt hinter dem Keyboarder zurück. Die E-Saite des Gitarristen war falsch gestimmt. Der Sänger hatte den Text des bekannten Songs vermasselt.

Will war sich sicher, dass sein klingelndes Telefon die Kakophonie von der Bühne nicht noch schlimmer machen konnte. Trotzdem stellte er das Gerät stumm. Obwohl er wusste, dass das die Person am anderen Ende der Leitung nicht davon abhalten würde, erneut anzurufen.

Er hatte recht.

Kaum eine Sekunde später vibrierte das Telefon auf dem Tisch. Das Display leuchtete hell, als ob das Herumspringen des Geräts noch nicht ausreichend wäre. Wieder warfen ihm die Leute am Nachbartisch Todesblicke zu.

Anstatt mit den Schultern zu zucken, starrte Will einen Mann in der Gruppe direkt an. Es war klar, dass dieser ein Leichtgewicht war, denn nach nur drei Sekunden senkte er den Blick. Er wusste, dass er keine Chance gegen einen Matthews hatte. Auch nicht gegen diesen.

Will hatte mit stolzgeschwellter Brust dagestanden, während er den Mann enttäuscht hatte, der ihm auf dieser Welt am meisten bedeutete. Als Will seinem Adoptivvater die Nachricht überbracht hatte, die das Herz des alten Mannes gebrochen hatte, hatte er nicht mit der Wimper gezuckt. Haran Matthews hatte ihn eines Besseren belehrt. Aber Will hatte sich an diesem Tag entschieden, und obwohl er wusste, dass sein Vater nie so stolz auf ihn sein würde wie auf seine anderen Söhne, hatte Will das getan, was das Beste für ihn war.

Er hatte keine Entschuldigung dafür, dass er jetzt

in einer Spelunke hockte und sich anhörte, wie alte Songs von der rebellischen Jugend von heute bis zur Unkenntlichkeit verhunzt wurden. Die letzte Band hatte einen alten Beatles-Song so klingen lassen, als würden Frösche sich zu Tode quaken. Die momentane Band beendete zum Glück gerade eine armselige Interpretation eines Ella-Fitzgerald-Songs, bei der sich Will gefühlt hatte, als ob er in einer Folterkammer wäre.

Als der letzte Ton verklungen war, nutzte Wills Telefon die Gelegenheit, um erneut zu vibrieren und wie wild zu blinken. Er wusste, dass dies so weitergehen würde, bis er abnahm. Jetzt, wo Joe nicht mehr beim Militär war, würde sein Bruder ihn verfolgen, bis Will ranging.

„Solltest du nicht im Gericht sein oder so?", begrüßte Will seinen älteren Bruder.

„Nein, denn ich werde stattdessen in die Kirche gehen."

„Kein Wunder, wenn man das Kind eines Predigers ist."

„Sie hat Ja gesagt."

Will hielt inne und starrte auf sein Handy. Auf dem Display standen der Name und die Nummer seines Bruders. Er hielt sich das Gerät wieder ans Ohr.

„Hast du Foxy endlich gesagt, was du für sie empfindest?"

„Ja."

„Und jetzt wollt ihr heiraten?"

„Ganz genau."

„Bruder, das ist die beste Neuigkeit, die ich seit Langem gehört habe!"

Will freute sich wirklich für Joe. Er war der ernsthafteste Bruder des Matthews-Clans, aber er war schon so lange, wie Will denken konnte, Hals über Kopf in Foxy James verliebt gewesen. Ihr Bruder Charlie war genauso lange in Savy James verliebt gewesen. Was hatte es mit diesen James-Schwestern auf sich, dass sie die Aufmerksamkeit eines Matthews-Jungen auf sich zogen?

„Sav und Fox wollen eine Doppelhochzeit", sagte Joe. „Du musst nach Hause kommen."

„Ja … ja."

Will war sich nicht sicher, ob sein Bruder den Mangel an Begeisterung in seiner Stimme hören konnte. Er hatte seine Besuche auf der Flying Cross Ranch immer seltener werden lassen, nachdem er ihren Vater mit seinen Lebensentscheidungen enttäuscht hatte. Der Schmerz in seinem Herzen war immer noch real. Doch als er sah, wie die nächste Künstlerin die Bühne betrat, beschleunigte sich sein Herzschlag ein wenig.

„Es gibt so viel zu tun, und wir werden dich brauchen", sagte Joe.

„Ja … richtig."

Die Sängerin legte eine schlanke Hand um das Mikrofon. Jeder Mann im Raum beugte sich vor, als ihre leuchtend roten Lippen sich dem Mikrofon näherten. Will eingeschlossen. Aber er lehnte sich immer nach vorne, wenn sie diese Lippen für ein Lied öffnete, oder einfach nur Hallo sagte.

„Man kann nie wissen", sagte Joe. „Bis du herkommst, könnten schon drei Hochzeiten stattgefunden haben. Es würde mich nicht wundern, wenn Topher Tricksy einen Antrag macht."

Das riss Will aus seiner Benommenheit. Er blinzelte einmal, zweimal. Aber sein Blick war immer noch auf die Sängerin auf der Bühne gerichtet. Sie öffnete den Mund, und die süßesten Klänge erfüllten den Raum.

„Hey, ist das Tricksy, die ich da höre?"

„Joe, ich muss los. Ich melde mich bald wieder bei dir."

Will legte auf, bevor sein Bruder noch mehr Fragen stellen oder weitere belastende Beweise zu hören bekommen konnte. Nämlich, dass Will in der hintersten Ecke einer Spelunke saß, im Schatten, und der Ex seines Bruders zuhörte, wie sie ein Liebeslied trällerte. Denn wenn sein Vater oder seine Brüder von seiner lebensverändernden Entscheidung wüssten, würden sie ihn mit Sicherheit eine Zeit lang nicht mehr sehen.

———

Ihr denkt vielleicht, ihr hättet Wills Geheimnis erraten.
Aber seine heimliche Schwärmerei für die Ex seines Bruders ist erst der Anfang.
Den Rest lest ihr in *Sein Schwur, sie anzubeten,*
Band 3 der Flying-Cross-Ranch-Liebesromanreihe!

ÜBER DEN AUTOR

Shanae Johnson schreibt herzerwärmende Liebesromane, bei denen auch Ihre Lachmuskeln nicht zu kurz kommen werden. Ihre Geschichten handeln meist von einer leicht überforderten Frau, die von einem Mann umworben wird, der schnell merkt, dass er die Richtige gefunden hat. Gewürzt mit einer Prise Humor enden diese wunderschönen Geschichten mit der rührenden Erkenntnis, dass die Liebe immer siegt. Und es gibt Küsse – viele Küsse!